みやざきエッセイスト・クラブ
作品集29

花のかたりべ

はじめに

みやざきエッセイスト・クラブ会長　福田　稔

新型コロナが季節性インフルエンザと同じ五類に分類されて一年が過ぎた。おかげで、会員同士が直接交流できる喜びを改めて実感することができた。

感染流行は完全には終息していないが、今年も無事に作品集を出版できた。会員の皆様、出版作業でお世話になった鉱脈社の方々、カバー・扉絵を提供してくださった日高セツ先生に心よりお礼を申し上げたい。

さて、今年開催されたパリ・オリンピックで、日本は金メダル二十個を含む四十五個のメダルを獲得した。海外でのオリンピックでは過去最多となったそうだ。

しかし、日本がお家芸と位置付ける競泳では、期待された結果が得られず、マスコミは「惨敗」と報じた。その記事を読みながら、私は二〇〇三年にお会いした鹿屋体育大学の田口信教（のぶたか）教授（現在は名誉教授）のことを思い出した。先生は一九七二年のミュンヘン・オリンピック競泳の金メダリストである。

その日、学内の水泳関連施設を案内していただいたが、まるで実験室のような最新設備もあって、競泳とはただ泳ぐだけではないことが理解できた。科学的なアプローチや技術のあと推しがないと世界レベルに達せないのである。見学が終わる頃に、「今ね、良い選手がいるんですよ」と先生は笑顔で話された。

実は、そのとき私の頭には、二〇〇〇年のシドニー・オリンピック競泳で活躍したオーストラリアのイアン・ソープ選手の体格が頭に浮かんだ。……高い身長、広い肩幅、速く泳ぐための筋肉。彼のような人たちと競っても勝つのは難しいのでは……。

田口先生には悪いと思いながらも、半ば諦めたような気持ちを私は抱いてしまったのだった。

ところが、二〇〇四年のアテネ・オリンピックで、鹿屋体育大学四年生の柴田亜衣さんが金メダルを獲得した。高校までは無名の競泳選手だった彼女は、泳ぐこと以外のあと推しのおかげで、大学入学後の約三年間で金メダルを取るまでに成長したのだ。彼女こそ、田口先生が口にされた「良い選手」であった。

ひょっとすると、文芸活動も最新技術にあと推ししてもらう時代になったのかも知れない。来年は三十冊目の作品集出版を予定しているが、それを機に、創作以外でのインターネットや生成ＡＩの活用法を考えてみたいと思う。
ただ、新しい技術のあと推しがあると言っても、創作活動の基軸は経験と直感であることに変わりはないだろう。これは生成ＡＩが及びもしない人の領域である。
人はそれぞれが異なる経験と直感を持つ。したがって、それぞれの作品が放つ輝きは一様ではない。この異なった輝きというのが、本作品集の醍醐味だ。読者の皆さんには、作品それぞれの輝き方を楽しんでいただければ幸いである。

本作品集の最終校確認の段階で、初代会長の渡辺綱纜先生の訃報が届きました。生前のご厚情に深く感謝するとともに、ご冥福を心よりお祈り申しあげます。

二〇二四年晩秋

目次

カバー絵・扉絵

日高　セツ（ひだか　せつ）

一九二九年　宮崎市有田に生まれる
一九四九年　県立宮崎高等女学校卒業
一九九四年　友人の勧めで作品制作を始める（六十五歳）
二〇〇二年　宮日総合美術展に入選（七十二歳）
　　　　　　その後、宮崎県美術展準特選、宮崎市美術展でも奨励賞を受賞
二〇〇六年　初の個展「古代への想い　日高セツ油絵展」を宮日会館で開催（七十七歳）
二〇〇九年　二科会入会（八十歳）
二〇二二年　この後、二科展に通算十三回入選
　　　　　　友人に画廊喫茶「シベール」を紹介され、同店で個展開催（九十二歳）
二〇二四年　三回目の個展を画廊喫茶「シベール」で開催（九十五歳）

古代への想いを埴輪や土偶に込めて現在も精力的に描き続けている。二科会同人。

作品名

カバー絵「古代への誘い」
扉　絵「魂を運ぶ船」

花のかたりべ

みやざきエッセイスト・クラブ 作品集29

入谷美樹

桜の季節の思い出

桜の季節になると、思い出す旅がある。あれは、平成二十九年の春。夫が出版した経済学の書籍『現代地域政策学』が、京都大学で認められて、夫に経済学博士の学位が授与されることとなった。根っからの仕事人間であった夫は、それらの論文を執筆中は、昼夜問わず勤務していた大学にあった自分の研究室で過ごしていた。私はいい加減、夫の不在には慣れていたが、そのことを負い目に感じていたのか、めずらしく夫が「三月に一緒に京都に行こう」と言い出したのである。

旅程は、授賞式の三月二十六日の朝、宮崎を出発し、その夜、京都で一泊するという短いものだったが、それでも思いがけず、京都に行けるのは嬉しかった。

当日は朝早く飛行機で宮崎を出発して、授与式の会場である平安神宮にほど近い京都市勧業館を目指した。何より嬉しかったのは、京都の行く先々で、満開の桜が私たちを出迎えてくれたことである。聞けば、京都の桜の開花は、例年もっと遅いらしいのだが、ちょうど私たちの旅程に合わせたかのように満開になってくれたのである。

会場には少し早めに着いた。その日の授与式は、京大生修士二千二百七名、修士（専門職）百五十一名、法務博士（専門職）百二十九名、課程博士四百九十七名、そして夫が含まれる論文博士五十八名という大規模なものであった。会場に集まった華やかな振袖姿の女子学生や、黒いスーツ姿の男子学生たちの、若々しさと熱気に圧倒された。

受付を済ませ会場に入ると、夫は肩に京紫の学位ストールをかけて前の席へ案内されて行った。私は後方に用意された家族席に一人で座った。

京都大学では、学位を授与されるとき、肩に生絹で織られた美しい「学位ストール」をかける伝統がある。学位ストールは、修士は濃青、博士は京紫と色が決まっていて、重厚な木製の舞台の上の教授陣や舞台前で授与を待つ学位取得者が、それぞれの色のストールを肩から下げ、ずらりと並んでいる様子は、まさに知性に輝いていて、同じ会場にいられることが誇らしく思えた。

　まず、二十六代総長の山極壽一先生による式辞があった。次に、各学位の代表者へ、次々と学位記が手渡されていった。文面を読み上げながら授与される、山極先生の温かな声、学位記が渡される度に会場からは、惜しみない拍手が沸き起こった。終盤で、いよいよ社会人の論文博士である夫の順番が回ってきた。夫は受賞分野の代表者として、山極総長から直接学位記を手渡されるという栄誉を賜っていた。私が座っていた席から舞台までは、かなりの距離があったため、夫が壇上に上がったとたん、私はカメラを構えて少し中腰になってしまった。「あら、ご家族かしら」という、いくつかの視線を感じた。数人の方が、わざわざ体をずらして舞台を見やすくしてくださった。

　無事、写真を撮り終え少し会釈して席につくと、会場中からの拍手に体が包まれた。私も拍手をしながら、何だか泣きそうになった。そんな心温まる式典であった。

　式典の喜びや、興奮が覚めぬまま、その日の夜は、京都祇園の京新山という小さな料亭で京料理を楽しんだ。この店がある、白川沿いの桜並木も、満開であった。料亭の二階にある広い窓からは、食事をしながらライトアップされた桜並木を見下ろすことができた。挨拶にきた女将さんから「今朝、咲きそろったばかりですよ。こんな満開の桜を旅行中に楽しめるなんて、ついてはりますね！」と言われて嬉しかった。

食事のあと、白川沿いの石畳を夫と歩いた。見渡す限りの満開の桜に「きれいねー」「きれいだね」という言葉しか出てこなかった。まだ宵の口で、たくさんの観光客が、あちこちで歓声をあげて写真を撮りあっていた。コロナ禍前だったので、外国人観光客も多く、多国籍の言語が飛び交っていたが、みな一様に桜の美しさに興奮しているのが分かった。ライトアップされた満開の桜は、京都という街の風情と相まって、まるで美しい映画のワンシーンのようであった。あの美しさは、今でも鮮やかに心に残っている。

令和四年の三月に、夫は三十二年間勤めあげた大学を無事定年退官した。今は毎日、家でのんびりと過ごしている。あの当時、桜の京都旅行は、ただ楽しい旅の一つに過ぎなかったが、時が過ぎ、今思い返してみれば、あれは紛れもなく、夫や私の人生においての「花の季節」であったと思う。

新しい犬

新しい犬の名前を考えた。名前はシン。

令和五年、八月に愛犬セレナは十六歳と四カ月で旅立った。その日の朝から、セレナは具合が悪そうだった。うまく歩けず、ずっと横になっていたが、それは十六歳を過ぎてからはよくあることだった。ただ朝から何も食べられず、なんとか飲み込めてもすぐに吐いてしまうのが心配だった。食いしん坊のセレナは、高齢になっても食欲は衰えず、前日まで普通にエサを食べていた。お腹がすいて、ずっと口をパクパク動かしているのが哀れであった。

その日の夜の十一時頃「セレナが、また吐いた」と息子が私を起こしにきた。「息も荒い」と言う。午前〇時頃、様子を見に行くと、呼吸は穏やかになっていた。セレナの頭を持ち上げスプーンで二杯水を飲ませた。水は喉をすべり落ちたが、飲み込む反応はなかった。そのまま二階へ上がって眠っていると、夜中二時頃、息子の絶叫が響いた。「セレナ！　ウソだろ?!　セレナ！」私は飛び起きて階段を駆け下りながら、何が起こったのかを悟った。

玄関で、セレナは、さっき見たのと同じ格好のまま、半分冷たくなっていた。顔は死後硬直で固くこわばり、目を閉じることができなかった。でも下半身はまだ柔らかく、私はセレナの温かいお腹を夢中で、さすった。まだ内臓は微かに動いていた。

私には、この悲しみを、正面から受け止める自信がなかった。だから動物葬儀もしないし、骨もいらないと泣いた。しかし、いつもは優柔不断な息子が、どうしても骨を拾うと言い、自分で骨壺も買ってきた。次の日セレナを火葬することになったが、私はどうしても行くことができなかった。十六年の歳月は長すぎ、犬は身近過ぎて、突然の喪失は残酷すぎた。私には時間が必要であった。

役に立たない私に代わり、長男が喪主を務めた。ペット火葬を済ませ、収骨し、白い花束を買って戻ってきた。和室の床の間の中央に骨壺を置き、周りをセレナの写真や首輪、犬のぬいぐるみやおやつで飾り付け、最後に花を飾ると、それはそれは、賑やかで可愛い祭壇となった。

その骨壺の前に、私は毎朝、朝食のパンの耳を供える。「亡くなった人を思うたび、天国にいるその人の周りには花が降り注ぐ」という話を聞いたことがある。セレナはパンの好きな犬だった。私が祈るたびに、セレナの周りには、パンが降り注いでほしい。そしたら、あの子は喜んでピョンピョン跳ね回るに違いない。

東京に住んでいる次男もセレナが好きだった。犬が死んでからは毎日写真や様子などをラインで知らせていたのだが、既読にはなるものの、まともな返信がこなかった。「やはり離れて暮らしていると実感がわかないのかもね」などと話していると、三日目になって、やっとまともな文章が送られてきた。セレナが死んでショックであること。それから、犬が死んだ日から発熱し、三十九度以上の高熱が続いて、寝込んでいたと書いてあった。

私は納得し、同時に大事なことに気が付いた。セレナが死んで悲しいのは、私だけではない。特に小学生の頃からセレナと一緒にいた二人の息子たちは、セレナと共に成長してきたのである。その喪失感は、どれほどであろうか。

スマホの中に残された、たくさんのセレナの写真や動画を目にするとき、何より犬のいない玄関を見るとき、悲しみは今でも突然大きな塊となって、胸をおし潰す。そんな時、私は新しい犬のことを考えるのである。犬の名前はシン。フルネームは「新型セレナ」のシンちゃんだ。私はこの、くだらないネーミングに自分で満足し、いつも笑ってしまう。

もちろん、今すぐ新しい犬を飼う予定はないし、だいたいシンは、まだこの世に生まれていないのかもしれない。でも、いつか私たちが、セレナの死を本当に受け入れられた時、きっと、かわいいシンと出会えるような気がしている。

岩田英男

煌く音の葉たち

煌く音の葉たち

映画ほど面白いものはない。魅力的な原作・脚本・プロデューサー・監督・助監督・撮影監督・衣装監修・時代をときめく俳優、そしてそのシーンに最もふさわしい音楽がある。

映画に使われる音楽は、作曲家によるオリジナルも多いが、クラシック・民族音楽・大ヒットしたポップスなど、既成の楽曲が使われることもある。それらは映画音楽と総称される。

私の原点は、巨匠ニーノ・ロータだ。

Ⅰ　ニーノ・ロータ

若い時代は、フェデリコ・フェリーニ監督『道』『サテリコン』『8½』などで、名曲を残した。ルネ・クレマン監督『太陽がいっぱい』では、アラン・ドロン扮する、貧しい青年の野心が引き起こす犯罪と破滅を、ぎらつく太陽と欲望とが交錯するアンニュイにみちたメロディが強い印象を残した。

オリビア・ハッセーを一躍世界的女優にした『ロミオとジュリエット』では、初めて出会う場面の劇中歌「若者とは何？（What is a youth?）」で、やがて現実となる若い男女の純愛の儚さを絶唱させた。

F・F・コッポラ監督『ゴッドファーザー』では、イタリアからアメリカ新大陸への移民が、シシリアン・マフィアとして闇稼業の中で生きるしかなかった一族の栄枯盛衰と喜怒哀楽を「愛のテーマ」に凝縮させた。

人間の愛らしさとともに愚かさ・欲深さ・罪深さ、やがては死する運命の中であがく喜悲劇を、美しく哀切なメロディで包み込む手腕は、私の心を捉えて離さない。

Ⅱ　フランシス・レイ

クロード・ルルーシュ監督、第十六回冬季オリンピック記録映画『白い恋人たち』は、斬新でエッジが効いて美しかった。まるで観客を白銀の世界に、シュプールを描いて心地よく滑り降りてくる感覚にさせるたおやかな楽曲は、私の心に深く刺さった。

彼の作品は官能的でもある。それは『男と女』『パリのめぐり合い』『個人教授』『さらば夏の日』など、どちらかといえば禁断の愛を描いた作品群で遺憾なく発揮される。

一方、白血病で夭折する女学生との純愛を描いた、アーサー・ヒラー監督『ある愛の詩』のメインテーマは、アンディ・ウイリアムスの歌唱で世界的に大ヒットした。うたかたの男女の愛を、永遠なものへと昇華させようとする彼の情熱が、楽曲をより魅惑的な高みへと押し上げ印象深く心に響く。

Ⅲ　ミシェル・ルグラン

スティーブ・マックイーン主演『華麗なる賭け』はスタイリッシュなサスペンス、ジェニファー・オニール主演『おもいでの夏』は、少年がひと夏若き美貌の戦争未亡人に思慕した体験を回想する作品だ。「風のささやき」も『おもいでの夏』のテーマも、新緑の並木道に吹き抜けるさわやかな風のゆらぎを感じさせる。マイナスイオンが心の中に降り注いでくるような感覚に導かれ心地よい。

Ⅳ　ジョン・ウィリアムス

『スター・ウォーズ』『未知との遭遇』など、宇宙を舞台にしたSF映画の金字塔作品は、かけ値なく面白かった。彼はそれらの作品に血湧き肉躍る豪快なメロディをつけて、前奏曲を聴いただけで映画のあらゆる場面が想起されるようなタフな楽曲を提供した。

またハリソン・フォードが古代学者に扮した『インディ・ジョーンズ』シリーズにおいては、めくるめく古代都市に誘われ、観客も一緒に秘蹟を謎解くような高揚感に充ちた楽曲が、脳裏に刻まれた。

同じく『ハリー・ポッター』シリーズも彼が手がけ、魔術の世界の不可思議に導かれる。聴いた途端、アドレナリンが血中に放出され、迷宮に誘われ、魔法にかけられるようだ。

Ⅴ　ヘンリー・マンシーニ

ウクライナで撮影されたという、ヴィットリオ・デ・シーカ監督『ひまわり』を、ロシアによる侵攻後、半世紀ぶりに観た。戦争はどの時代も、家族の幸せを引き裂く悲惨なものだ。ラストシーンに近く、満開のヒマワリ畑の土には、市民や兵士の遺体が埋まっているとの老婆の回顧とともに、ソフィア・ローレン演ずる初老の女性の慟哭（どうこく）に、哀切なメロディが名場面を一層際立たせた。

その傍ら軽やかな曲調も得意とした。

『ティファニーで朝食』の「ムーン・リバー」、『ピンク・パンサー』のテーマは、いつ聴いても、幸せな気分になれるのも彼の持味だ。

Ⅵ　エンリオ・モリコーネ

一時代を風靡（ふうび）した『夕日のガンマン』など、マカロニ・ウェスタンでは、民族楽器を効果的に使用し、血沸き肉踊る楽曲群は、若き私を魅了するのに十分だった。

一方、抒情的な作品も多く残しており、やがて映画監督になる主人公が、幼少時代の映画館をめぐる喜悲劇を回想する『ニュー・シネマ・パラダイス』は、その代表だろう。

郷愁は、もの悲しくいつも美しい。

Ⅶ　ハンス・ジマー

『パイレーツ・オブ・カリビアン』『ラストサムライ』『ダ・ヴィンチ・コード』『トップガン』など、きら星のように輝く彼の作品群には目を見張るものがある。その中で私は、リドリー・スコット監督『グラディエーター』のエンディングテーマ、「ついに自由に（Now We Are Free）」を推したい。

協力者として参加したリサ・ジェラルドさんのボーカルやバックコーラスを駆使した楽曲は、現代の讃美歌・聖歌といっていいほど荘厳で、聴くたびに魂が浄化されていく思いがする。彼の米アカデミー賞作曲賞ノミネート十二回、うち受賞二回は驚異的だ。

Ⅷ　坂本龍一

大島渚監督『戦場のメリークリスマス』を観た衝撃は大きかった。それに反して「メリークリスマスミスター　ローレンス」のピアノの響きは、戦場の悲惨さを超越した清廉さと静謐さにみちている。

その後、清朝最後の皇帝・愛新覚羅溥儀（あいしんかくらふぎ）の生涯を描いたベルナルド・ベルトリッチ監督『ラストエンペラー』を手がけ、日本人で初の米アカデミー賞作曲賞に輝いた。溥儀の数奇で波乱万丈の運命を、西洋と東洋のメロディ・民族楽器を総動員してつむがれる楽曲は、ドラマチックで豊饒である。聴くたびに、豪華絢爛な映像美にあふれた名シーンが、鮮やかに蘇って酔いそうになる。

Ⅸ　日本人作曲家

日本を代表する映画音楽の作曲家として、武満徹さん、池辺晋一郎さん、岩代太郎さんを挙げたい。

武満さんは、篠田正浩監督『沈黙』などに携わった。和楽器を巧みに用い、日本的な「間」を意識し、音を沈黙と対比させた楽曲は、観客を容易に異空間へと誘う。

池辺さんは、『影武者』などで黒沢明監督と、『楢山節考』『うなぎ』などで、生涯現役を貫いた今村昌平監督とタッグを組んだ。

メロディアスではあるが、時に迫力やユーモアを感じさせる巧みな技法により、映像に振幅を与える作風で卓越している。

岩代さんの代表曲は、ジョン・ウー監督『レッドクリフ（赤壁）』だ。壮絶な古戦場の高揚と歳月を、川の流れに託した。中国の歌姫・阿蘭さんの「久遠の河」の歌唱も麗しい。

X　その他のカテゴリー

クラシック音楽も映画で効果的に使われる。すぐ頭に浮ぶ楽曲は、次のようなものだ。

スウェーデン映画『みじかくも美しく燃え』では、妻子ある軍人とサーカスの少女との愛の逃避行をモーツァルトのピアノ協奏曲二十一番第二楽章が恋の末路の儚さを彩った。

F・F・コッポラ監督『地獄の黙示録』では、冒頭のベトナム戦争時のヘリコプター攻撃への出陣映像に、ワグナーの「ワルキューレの騎行」の序曲をかぶせ、戦闘の高揚感と残酷さに増幅させるのに効果をあげた。

スタンリー・キューブリック監督は、『2001年宇宙の旅』で、リヒャルト・ストラウスの交響詩「ツァラトゥストラはかく語りき」の序曲で、宇宙空間の神秘さ無限さを表した。また『時計じかけのオレンジ』では、暴力と異性と音楽しか興味をもたず、罪の意識なく凶行を続ける若者たちの狂気に、ベートーベンの交響楽を重ねた。

ルキノ・ビスコンティ監督は、『ベニスに死す』で、究極の美の化身としての美少年への憧憬と、それに魅了されながら自らは老いて伝染病で死にゆく主人公である作曲家とを対比させた。グスタフ・マーラーの交響楽第五番から「アダージェット」を使い、主人公の葛藤や退廃的空気感を醸し出すのに成功した。

アニメーション映画でも音楽は豊饒である。

ディズニー映画では、『ピノキオ』の「星に願いを」から近年の『アナと雪の女王』の「ありのままで」、そして最新作の会社創設百周年記念映画『ウィッシュ』まで傑作ばかりだ。日本でも、宮崎駿監督『となりのトトロ』『千と千尋の神隠し』『ハウルの動く城』など、クインシー・ジョーンズへの敬愛からその名を筆名とした、久石譲（ひさいしじょう）さんが担当した。そして、全ての世代・世界の人々に愛唱される名曲群を送り出している。

『炎のランナー』『ドクトル・ジバゴ』『追憶』などのメインテーマは忘れがたい名曲だ。

米ニューシネマの金字塔、マイク・ニコルズ監督『卒業』の挿入歌、「サウンド・オブ・サイレンス」「スカボロー・フェア」など、サイモン&ガーファンクルの透明感のある歌声も、いつも心に響いていてやむことがない。

映画を大樹に例えるなら、原作・脚本が根、監督が幹、俳優たちが枝で、それにつけられる音楽は、五月の薫風と陽光に煌く音の葉たちといっていいかもしれない。

半世紀前、私を映画音楽の世界に導いてくれたのは、往年の名パーソナリティ・関光夫さんだった。これからも魅惑と魔法にみちた全ての映画音楽を、楽しみ愛し続けたい。

須河信子

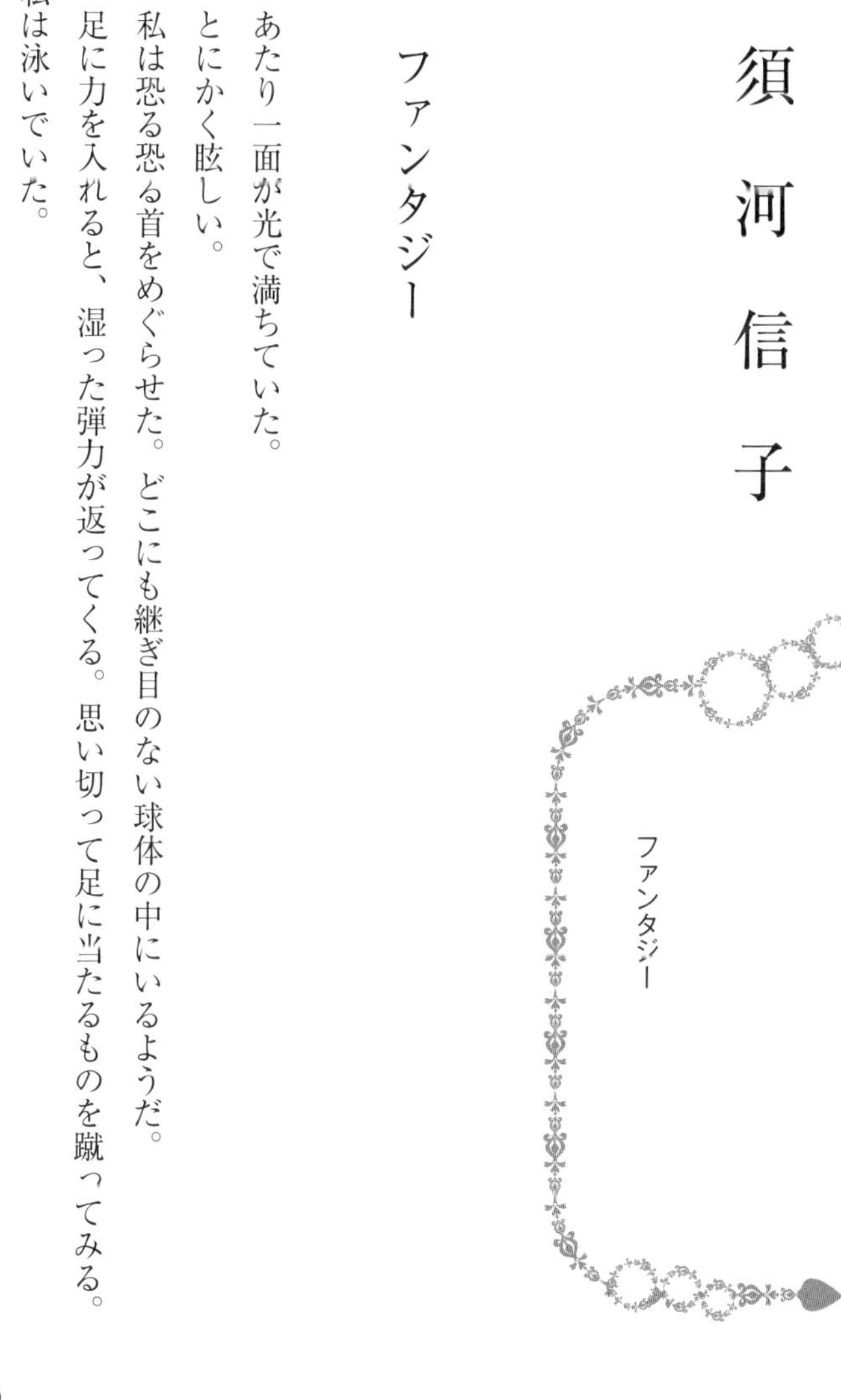

ファンタジー

あたり一面が光で満ちていた。

とにかく眩しい。

私は恐る恐る首をめぐらせた。どこにも継ぎ目のない球体の中にいるようだ。

足に力を入れると、湿った弾力が返ってくる。思い切って足に当たるものを蹴ってみる。

私は泳いでいた。

私は水の中にいるの？

天井らしい薄い膜に当たると体が緩やかに沈む。大きなシャボン玉状の球体中に閉じ込められているようだ。

しかし不快ではない。むしろ、ほのかな幸せが私の中に溢れてくる。

私はその球体の中を思うさま動いてみた。物音はなく、心地よい水の流れが私を包んでいる。私の身体は開放されていた。球体は私を守っているもののようだった。

縦に横に回転してみる。すべてが穏やかに連鎖する。私は徐々に動きを大きくしてみた。

球体の中を私は自在に動き回った。

何をしても、この球体は私を受け入れてくれる。私は安堵感の中にいた。

絶対に自分を受け入れてくれる場所。絶対に自分を守ってくれる場所。

心のこわばりが溶けてゆく。水が早すぎず遅すぎず、指の間をくぐってゆく。

私はただただ水と一体になろうとしていた。それが一番幸せなのだと感じていた。

その時、腕に痛みが走った。

何か刺さった？

両腕のあちこちを虫が這っている？

私は虫を振り払おうと腕を振った。すると今度は腕が重くなった。誰かが腕を叩いている。

そして、また痛み。

腕が再び軽くなった時、私はエレベーターに乗っていた。人が一人立って乗れるような細長いエレベーターだった。四つの壁は透明、底も天井も透明。そんなエレベーターが果てしなく並んでいた。一つとして同じ高さでは動いていない。

スピードは同じなのだが床の位置は決して並ばない。そして止まらない。

他の箱には誰も乗っていない。私だけがエレベーターに乗っていた。

せめて隣の箱に乗り移れないものだろうか。しかし床の位置が合わない。

どこからともなく、

「フンフン、フンフン」

という男性の声が聞こえてくる。何かに頷いているような口調だ。

私は声の主を探した。

見えた！

エレベーターの隙間から白い服を着た男性が立っているのが見える。

消えた！

男性の姿は現れたり消えたりする。

なぜか、私はあの人のところに行かねばならない、と思った。徐々に男性の姿がはっきり見えている時間が長くなる。エレベーターが止まる気配はない。

どうしよう？

今度隣のエレベーターと並んだ時に飛び移ってみようか。私はタイミングを計った。

とても飛び移れないような気がするが、このままではいけないような気がする。隣のエレ
ベーターが上がってくる。

もう少し。

もう少し。私は息を止めた。

今だ！　私は飛んだ。落ちなかったようだ。

「針を刺し直しますね」

痛い！　と思った時、一瞬白い壁が見え、

「フンフン、フンフン」

という声が聞こえた。私は眠りに落ちた。


本人は知らなかったが、その頃私は生死の境にいたのだという。

医師は、

「命のやり取りの時間でした」

と、カンファレンスの時に告げた。

「会わせたい人がいらっしゃったら連絡をしてください」

と言ったのだとも。医師も諦めかけたのだろう。

私が夢の中で遊んでいたのは、この世の時間で一週間ほどのことだったらしい。高熱のため意識障害を起こしていたのだ。

私は少しずつ言葉を取り戻し、主治医や看護師と会話を交わすようになった。

「ここは市郡医師会病院ですよ、わかりますか？」

看護師の言葉に頷く。

「ここはどこですか？」

すかさず看護師が問う。どこだったっけ？　理解はしているのだが言葉が出てこない。

そういうことの繰り返しで、私は言葉を取り戻した。

やがて、私の周りを「フンフン、フンフン」と言いながら回っていた人が、私の命の恩人である医師であることを私は知った。

私は敗血症を発症して、病院に担ぎ込まれたのだ。どのようにして倒れたのか記憶はない。

二週間ほど、私は抗生物質の点滴を受けた。医師が言った。

「比較的早く、あなたに合う薬を特定することができたんです」

意識障害が改善した私に食事が運ばれた。それまでは点滴のみで命をつないでいたのだった。医師が言った。

「一つ約束しましょう。私は医師としてベストを尽くします。だからあなたは患者として
ベストを尽くしてください」

医師が言葉を続けた。

「食事です。食事を残さず食べてください」

四十歳ぐらいの若い医師だったが、言葉に力があった。私は、

「はい」

と答えた。

食事は美味しかったので、食べることは苦痛ではなかった。配膳の担当者は、

「いつも綺麗に食べていらっしゃいますね」

と言いながら、私のお膳を下げていった。

「でもねえ、ちゃんと食事を召し上がる患者さんは退院が早いんですよ」

彼女は振り返ってニッコリ笑った。

退院！　そうか、私はやがて退院するのか。退院などという言葉はその時の私の中にはな
かった。命のせめぎあいギリギリのところにいる間に、忘れてしまっていたのだ。

ある日、回診の時に医師が言った。

「もうお薬の点滴の針は抜きます。薬は入れればいいというものでもありませんのでね」

点滴の針の抜けた私は、ちゃんと自由になった。球体の中にいるのではなく、透明なエレベーターに乗っているのではなかった。

しかし、限界まで落としてしまった体力は一朝一夕では取り戻せない。一歩一歩を大切に歩く。

入院してから一か月ほど経った頃、私、夫、医師、看護師長の四人で話し合いをした。市郡医師会病院を退院した私をどのようにして、社会に帰れるようにするかという話し合いだった。自宅マンションに帰っても、夫一人では仕事と私の世話の両立はできない。

そこで医師の提案は「リハビリに特化した病院への転院」だった。家族の都合で不本意にも社会へのハシゴを外される人は多いことだろうが、私は恵まれていた。

ほどなく私は潤和会記念病院に転院した。

久しぶりに外の空気に触れた。たくさんの患者や職員の蠢く院内とは違い、空気が肌に刺さる。むき身とはこういうことなのか。急にわが身が頼りなく思えた。誰かに凭れかかることはできない。自分の足で立てるようにならねばならないのだ。私に与えられた最後のチャンスなのだ。

男性の理学療法士と女性の理学療法士が挨拶にきてくれた。二人でチームを組んで私の指導をしてくれるという。

早速、入院当日からリハビリが始まった。私は自分で想像していたよりも脚力を落としていた。歩行能力が衰えている。先の病院ではほぼ寝たきりで過ごしていたためと、闘病で力を使い果たしていたためだ。


リハビリ室では顔見知りも何人かできたが、お互いに黙して語らず。うかつに声をかけようものなら、お互いにバランスを崩して転んでしまう。目の端で理解し合う。

同じ試練に立ち向かう者同士だからこそ心の中が見える。私のリハビリの効果はメキメキとは言えないが上がっていた。

担当の療法士と医師の話し合いが行われた。

内容は、私をこれ以上入院させておくことのメリットとデメリットについてだった。

私の心は腐りかけていた。社会に戻りたい。

私の苦しみを若い療法士たちはわかってくれていた。

医師と二人の理学療法士のバックアップを得て、私は転院してから一か月の入院生活を終えた。

考える。私は何のために生きて帰ってきたのだ。

目標は大きい方がいい。

私は考えた。

そして膝を叩いた。

そうだ！　封建的な土地に生まれた長子であったために、母から受験を止められた大学を受験してみよう。

娘に相談した。

「何から始めたらいい？」

娘は言った、

「体力づくり」

馬鹿なことを言ってるんじゃないわよ、と答えるような娘でなくて良かった。

受験までの途上で倒れてもいい。とにかく努力を始めよう。チャレンジしてみよう。

大変な思いもしたが、壮大なファンタジーを摑んだ。

やるか！

鈴木康之

アーカイブ

アーカイブ

加齢による「フレイル」（老衰）と新型コロナが重なって家に籠りがちになると、「出会い」が極端に少なくなり、公私にわたりお世話になった諸先輩や親しい知友人との「別れ」が圧倒的に多くなってきて、人並みに寂しい気分に襲われる。私は俳句をひねっているが、人と自然との触れ合いがないと新たな感覚を得ることは難しい。また、長年の眼疾が昂じて書物が読みづらくなってきた。

この寂しさを埋めてくれたのがＮＨＫ「ラジオ深夜便」だった。深夜便を聞き出すと、どうしても睡眠不足になるから、昼寝が必要。従って普通のサラリーマンは対応できない。深夜便のプログラムに「深夜便アーカイブス」というのがあって、過去に放送した各界の知名人との対話を時機を得て再放送している。もちろん故人も登場する。「アーカイブ」とは一般的に書庫や保存記録と訳されるようだ。

時に身辺整理をしていたら、もうすっかり忘れていたメモ書きが出てきた。タイトルは「私の選択」とある。私は平成十一年、東京の旭化成を退いて帰郷した。早いものでそれからちょうど二ー五年経つ。

来し方行く木を思う年頃になった。

一体人は自分の運命をどの程度まで自分で決められるものであろうか。自分の出生はこれはもうどうしようもない。しかし、死はひょっとすると自分で決められるかもしれない。自殺する人がひと頃わが国で三万人にも達して、五木寛之が『人生の目的』（平成十一年・幻冬舎）という本を書く動機になったそうだ。五木によると、自殺増は統計を調べてみて景気が好いか悪いかは関係ないという。

私は自殺を考えたことはほとんどない。ほとんどと言ったが、それらしきことが一回だけあった。旭化成労働組合の未熟なリーダーの頃、ある選挙の責任者として選挙違反に問われ、三週間ほど留置場に厄介になった。組織内外を問わず、世間に迷惑をかけ今でも申し訳なく思っている。争点は事前選挙運動とみるか、政治活動とみるかということであった。判決は執行猶予付き実刑判決だったが、上告中、折しも沖縄返還の特赦で会社に復帰することができた。

留置場の中に入っていると自分さえ口を閉ざせば、候補者にもまた組織上部にもこれ以上累が及ばないはずと勝手に考えるようになる。よく官公庁の汚職事件で課長補佐の人がビルの屋上から飛び降りたりするのがそれである。私にはその人の気持ちがよく分かる。

しかしながら、人は普通自裁することはないわけだから、死は自分で選べないことは自明である。生老病死は大方自分で決められないと思った瞬間に、神仏の領域に迷い込まざるを得ない。

私は幼稚園には行けなかった。兄は行っている。そして兄が終えた男子師範付属小学校（私たちは国民学校一回生）を受験したが落第して第六国民学校（今の江平小学校）に入学、それも入学式には出席できず、記念写真にも写っていない。実はそれほどに身体が弱く腺病質の児童だった。季節の変わり目には必ず熱発した。入学の年、戦争が始まり、最後は宮崎も空襲に曝されるようになると、綾に疎開し転校。敗戦となり宮崎に帰ってきたが、校舎は焼け、司令部あと（今のＮＨＫ）に学んだ。

新制中学を経て宮崎大宮高校を卒業、私の選択はこれからである。ではどうして京大の法学部を選択したのであろうか。実は、初めの志望は阪大の工学部であった。化学が得意で担任の先生にも勧められた。それに、七つ違いの兄は宮崎工専（現宮崎大学工学部）第一回卒の技術屋である。この影響は大きい。兄はすでに尼崎の会社に就職、所帯を持っていた。志望校を変更したのは、長期政権だった吉田茂内閣のもと、政財界の汚職事件が頻発、憤慨して検事になってやろうと思ったことによる。一浪して志望校に合格。ともあれ、生まれて初めての「自己の確立」であったことに間違いない。

教養課程の一年間は伊丹の兄の家に寄宿、阪急電車で通学。専門課程で京都に下宿した。六畳の部屋を親友の故簾實君（実父は弁護士）と二人で借りて月額一六〇〇円だった。兄から二〇〇〇円。国と県の奨学金で四〇〇〇円。家庭教師で二〇〇〇円稼ぐと何とかやっていけた。まだ外食券食堂や生協が全盛時代であった。聖護院の下宿から下駄を佩いて講義に通ったが、下駄通学の者がもう一人いた。講義の先生も咎めることはなかった。

司法試験は見事に失敗。ところが国家公務員上級職にはパスした。大蔵、通産という成績ではない。それ以外の官庁からは勧誘があった。元宮崎県知事・相川勝六代護士から呼び出しがあり、自治省（現総務省）入りを勧められた。私の学生運動を知っておられ、公務員になったら、そういうことは絶対相ならんと諭された。実は相川さんの宮崎のお宅は、丸山町の私の実家の東隣であった。

相川知事は、戦前、神武天皇即位紀元二六〇〇年奉祝事業として「八紘一宇の精神を体現した日本一の塔」（現平和の塔）を発案したことで知られる。相川さんのお宅は、戦後私の同期で親友の、松下政経塾初代塾頭を務めた故久門泰君一家があった。彼は多くの有能な若い政治家や実業家を育てた。

北隣は戦後、満州から引き揚げて『宮崎民謡101曲集』を編まれ、宮崎管弦楽団、宮崎オペラ協会を結成された、音楽家の園山民平氏がおられた。ご子息の謙二さんは、宮崎大宮高校の音楽教師で、休日にはよくピアノの音を聞いた。

その隣は野球の名監督の新名昌さん。同志社大、社会人チームで活躍し、昭和三十三年宮崎商業高校の監督に就任、在任中、春夏計五回の甲子園出場を果たしている。昭和四十九年に死去、享年五十三の若さであった。少年時代、中古のグラブやボールなどをよく頂戴した。

私の実家の西隣には、戦後青木家があり、宮崎県立芸術劇場の初代館長で宮崎国際音楽祭を主宰した故青木賢児さんと、その弟で兄上同様東大出身、私の同期である親友の青木祐君（三菱信託銀行副頭取）が居た。彼は成績優秀で背が高く、バスケットボールをやっていた。父上は宮崎大学農学部教授であった。

さらにもう一軒、西隣に、デューク・エイセスのリーダーであった、これまた同期で仲良しの谷道夫こと桑原道士君がいた。彼はよくギターを弾いていたのを思い出す。

閑話休題

NHKドラマ「虎に翼」ではないが、司法試験に再挑戦することを秘めて、民間会社三社を受験、合格した。戦後亡くなった父が引退時、宮崎市の公吏だったし、後ろ盾もあり、役人も悪くないと思ったけれども、結局宮崎の実家で一人暮らしの老母のことを考え、三社の中から、延岡に主力工場のあった旭化成を選択した。腺病質の私の体が丈夫になったのは、母の献身と、皮肉にも戦局が切迫してきて、徴兵、徴用農家の支援に動員されたことが大きい。米作り、藷作りも一通り習得した。国民学校では毎朝裸足で走らされた。

私のゼミは会社法と労働法で、今思うとあの時代の世情をよく表している。配属された火薬工場で早速労働運動に係わるようになる。入社後二年目で単組の専従書記長につき、そのまま本部と合わせて八年もやり、司法官の方は断念した。組合本部入りのきっかけは次の通りであった。ダイナマイトの主原料はニトログリセリンだが、近年安価なニトログリコールが大量に配合され、その薬害により組合員六名が殉職、次いで不幸にもダイナマイトの製造工室で爆発事故が発生、四名が殉職、組合本部としては急遽その対策として、生産対策部を新設、私がその部長に就任したことによる。

その時代、池田内閣の高度経済成長政策が緒につき、労働組合の具体的組織目標は、「ヨーロッパ並みの賃金」「週休二日制」「定年延長」で今日すべて実現している。従って、今の労働運動の指導者は組合費に見合った仕事をリードするのは大変だ。

選挙違反事件が特赦となり、会社に現場復帰することになり、それからは会社の人事権の下、何ら本人の意思は働いていないと言ってよい。会社という組織は本来権力組織である。復帰後、会社生活約三十年、まずは延岡支所に在籍して、福利施設供給所のスーパー化、延岡新港等漁業補償交渉、工場公害・事故対策、日向では各種工場誘致、ウラン濃縮研究所の立地対策、オイルショック後のリストラ・延岡ＯＢ会結成、唯一、私の発想で地域おこしと県北フォーラムの開催、と枚挙に暇がない。東京転勤後は一時、化学品事業を手掛けるが、バブル崩壊で、二つの関係会社のリストラ、再建の仕事を社長として果たし、会社人生を終えた。よく身体が持ったと思う。ちなみに上京後の海外出張は米国、欧州、中国、韓国であった。

旭化成延岡を選択したことで、このような結果になった。縁あって延岡で妻を娶り、三人の娘と五人の孫を授かった。母は最後まで看取ることができた。ただ、事業を起こし、俳人でもあった兄寛之（俳号　哲哉）が、五十五歳で早世したのが悔しい。しかし、「私の選択」は未だ終わってはいない。

私が私淑し、九十八歳で他界された俳句の金子兜太師の言葉が残っている。

「物事を成就させるのは、運、根、鈍ですね。その中でも運が一番大事です」

東大を出て日銀在籍後、海軍主計中尉として、激戦のトラック島に赴任し、九死に一生を得た兜太師ならではの言葉だ。

平成十一年七月二十三日帰郷

妻同伴再び立てり南風(はえ)の空港　康之

戸田淳子

花のかたりべ

桜の季節に「東北の小京都」と言われる角館（かくのだて）で一本の古い帯を買った。

その日はあいにくの雨で満開のしだれ桜の花びらが道に散り敷いて、両側に続く武家屋敷は灰色に沈んでいた。

一軒の武家屋敷（石黒家）の見学を終えて門を出ようとした時、雨で白くけぶる庭の奥に白壁の蔵が見えた。中が明るく人の気配がする。

引きつけられるように蔵の中に入るとそこは別世界。きらびやかな和装品が並んでいる。

手作りの和装小物、華やかな色の帯締め、その横には着物が数枚積まれていた。

毎週着物を着てお茶のお稽古に通っている者にとっては素通りできない景観であった。

何も買うつもりはなかったが巡っていたら一本の帯に目が留まった。

白地がかった生地に御所車や花々が刺繍されたその帯は華やかだけど上品な色づかいで、一目で気に入った。

「いい帯ですね」と言うとお店の人も「いいでしょう」と言った。五千円出したらお釣りがきた。

手に取ったら柔らかくしっとりとして、かつての持ち主が大事に扱っておられたことが想像できた。

大切に持ち帰りお茶のお稽古の時にはその帯を締めた。

最初手にした時に感じたとおり締めやすく私の体にぴったり馴染んだ。

お茶のお稽古やお茶会の時にその帯を締めていると「素晴らしい帯ね」とよく声をかけられる。

私は素直に「良いでしょう、いくらだったと思う?」と聞く。

相手はいきなり値段を聞かれ戸惑いの表情を浮かべながら「素敵な帯だから高かったのでしょう?」と言う。

その台詞を聞くと、自分の顔の前に人さし指と中指、薬指の三本を立てて「これだけなの」と言う。

「三十万円？」私は得意顔で立てた指を左右に振る。

「じゃあ三万円？」

「ノンノン」といたずらっぽく言いながらまた指を横に振る。

「それなら幾らなんですか？」とくる。

「三千円よ」

相手は表情を一瞬止めて「嘘でしょう」と言う。「本当よ」と答える。

たいていの人はここで「え～っ？」と驚く。

この瞬間を見るのが実に楽しいのである。


武家屋敷の蔵で帯を買う一時間ほど前のこと。角館に到着してすぐ、三～四人の観光客のあとに続き一軒の屋敷に入った。

「石黒家」と書いてある。

案内板には「佐竹北家の家臣でおもに財用役や勘定役といった財政面を担当していた上級武士。芦名氏断絶の後を受けてこの地に入った佐竹義隣（よしちか）に召し抱えられた」とあった。

足を踏み入れた石黒家の屋内は雨のせいもあり薄暗く、東北の気候らしいと思った。でもこのような居心地の良い、複雑な深みのある内陸の気候がそこに住む人々の感性を豊かに育むのだろうと羨ましさも感じた。

石黒家は十二畳の大広間、小部屋が幾つもあり、厨も広い。おおぜいの使用人がおられたのだろう。

部屋の見物を終えて庭に出たら、屋敷内の別棟からこちらに向かって来る一人の男性と出会った。背が高く色白でかっぷくが良く年の頃四十代とお見受けした。

いかにもお殿さまといった雰囲気を持っておられたので、つい「お殿さまでいらっしゃいますか？」と言ってしまった。

その方は悠然とした表情で「十四代です、十三代も向こうにいますよ」と石黒家入り口の土間を指さした。私はたった今、その土間から庭に出てきたばかりである。

急ぎ石黒家の土間に戻り、「十三代でいらっしゃいますか、握手をしてください」と言うと、嫌な顔もせずにこやかに応じてくださった。こういう思いがけない出会いがあるから旅はやめられないと心が躍った。

「お殿さまと話ができた！」とその時は舞い上がったが、このミーハーな性格は幾つになっても直らない……と後になって少し反省した。

でも世が世であればお侍と握手して、話などできないのだから今の時代に生まれ合わせたことは幸せなことである。

角館という地名が使われ始めたのは天正十八（一五九〇）年、豊臣秀吉の小田原攻めに加わった東北（現在の秋田県）の豪族戸沢盛安が始まりとされる。その後、芦名氏の時代が二百年ほど続き、その芦名氏も伊達政宗に滅ぼされ、その後は佐竹北家が治めていた。

初代の佐竹義隣が京都の公卿の出自で代々の奥方も京都の公家から輿入れされて以来、町の造りも風習も京都風に変化していった。また武家屋敷のしだれ桜も北家二代藩主が京都から苗木を取り寄せたのが始まりであったらしい。

この頃から「東北の小京都」と言われるようになった。

戊辰戦争で東北の諸藩が薩摩・長州を主とする新政府軍に破れ、藩籍を朝廷に返上するまでの二百余年間、佐竹北家が角館を支配した。石黒家の屋敷で出会った「十三代」と「十四代」のご当主は江戸時代の佐竹北家に仕えていた石黒家直系のご子孫で、今も屋敷内にお住まいとのことであった。

東北の旅を終えて自宅での日常生活に戻ったら、角館で買った古い帯の背景が気になりだした。買った場所が「東北の小京都」だったからそう思ったのかもしれない。

この帯の持ち主は誰だったのだろう？

先ず帯の生地と古典的な柄からして古い時代のものに思えた。

さらに帯の寸法が今の時代のものより幅も長さも小さめであった。

これはその時代の標準の寸法なのか、あるいは持ち主の体に合わせて特別に仕立てられたものだったのか？

最初に身に付けられたのは武家の奥方かしら？　商家の娘さんかしら？　等々楽しい想像は広がるばかりであったが、本当のことは何も分からない。

ただ幸せな人生を送られた方の品だったと思いたかった。

何十年もの昔の帯が、令和の時代を生きる私につながっていると思うと感慨深いものがある。

この帯に出会ったのも、石黒家二代のご当主とお話できたのも桜の縁。

だが雨にけぶる石黒家の土間で聞いた、新政府に敗れた後の東北諸藩の方々の凄惨な暮らしの様子は心痛むものであった。

それらを静かに話される「十三代」の横顔は角館の桜の精が宿った、まことの「花の語り部」であった。

中武　寛

リセットと覚悟

パソコンのリセット――復元機能――

私は、パソコンを使わない日はない。いわば、パソコンは私の仲間である。加齢とともに、データの入力作業に、利き腕の右手がスムースには動かなくなった。まるで、経年劣化そのものだ。

そのうえ、右上肢不随意運動の難病「ジストニア」と戦っている身である。

テレビ画面に「左手のピアニスト」や「バイオリニスト」など、ジストニア患者が紹介される。同じ動作を繰り返し長期間続けると発症という原因では、私と共通する。現在の医療には、効果的な治療法がないため、専ら対症療法に頼っている。

マウスカーノルを操るにも、利き腕ではない左手を使う。そのため、鼠（マウス）はチョロチョロ動き回り、じっとしていない。カーソル位置が目的地から少しでもずれると、本来の目的位置に到達するのに一苦労する。

時として、パソコンは機嫌を損なう。パソコン画面が、まるで凍り付いたかのように動きを止め、二進も三進もゆかないのである。

初めの頃は、その都度、専門家の指示に従う、という惨めな思いをした。何度か電話での遣り取りのすえ、消去機能を使って強制終了する方法を教えてくれた。それでも、再起動まで進まないときがある。

ここまでくると、パソコンと私の間に築いてきた信頼関係は崩れ、敵対関係に進む。私は、癇癪を起こし、彼の頭を軽く叩く。しかし、これで解決するはずはない。いっそのこと、この手でパソコンに引導を渡すほかあるまい。思案のすえ、電源そのものを切ってしまうことにした。コンセントを引き抜けば済む。遂に、その時は来た。思い切って指先に力を込めた。不思議と、何の感情も湧かない。

数秒後に電源を入れると、彼は何事もなかったかのように目を覚ました。書きかけのデータを入力すると、以前にも増して画面は明るく、完全に蘇った。

続いて、パソコン本体だけでなく、印刷に不具合が起こるようになった。とにかく、反応が悪い。そこで、プリンターそのものをリセットする。それでも、反応が遅い。遂に、私はWi-Fiルーターに手を掛ける。まさに、元を絶つという荒技を使ったのである。

禁じ手ともいうべき電源リセットは成功した。コンピューターの復元機能に救われただけなのに、私は小躍りして喜んだ。

これを繰り返すと、リセットが日常化してしまう。「いい加減にしろ。失敗したら全てがパーだ。お前のこれまでの人生記録が空(から)になる。覚悟せよ」。パソコンの悲鳴と警告が空耳に聞こえてくる。

パソコンのリセットは、パソコン自体が復元機能を持つ。これが日常化して以来、パソコン恐怖症は一抹の不安を抱えたまま、今では寛解を保っている。

人間関係のリセット——覚悟と責任——

この年齢になると、時間(とき)が経つのが早い。

いつの間にか、米寿を迎える歳になった。

米寿とは、還暦の六十歳から始まり、還暦が二周する大還暦（百二十歳）までの、長寿祝いのひとつをいう。

米寿の文字「米」を分解すると、八十八になるので八十八歳が米寿。また、八の字は末広がりに見えるところから、縁起がよいとされ、特別の意味があるともいう。

米寿祝いに身につける物は、金茶色というが、私はこの色が好みではない。

息子たち、イベントとして、その演出に今から張り切っているようだ。何処かのホテルでふかふかの座布団に、被り物から羽織に至るまで、キンキラキンの衣装を着て、老人が座るのかと思うと、気が重い。

孫から曾孫までが出席して、チャンチャンコを見て喜ぶかも知れない。だが……やはり……派手な色合いの衣装については、丁重に断わるつもりだ。若いころ誂(あつら)えた大島紬で勘弁してもらおう。

私は、日本人の平均寿命を超えて生きた。長いようで短い人生に、どんな生き方をしてきたかを、自問自答することがよくある。

雨上がりの朝、寝室兼用の書斎から西都原台地の端が目線の先に小高く霞んで見える。台地一帯は、春には桜と菜の花がコラボとなって咲き誇り、花見客を迎える。

今年は、桜の開花が少し遅れた。長男の妻の母親と、姉妹家族が関西から訪ねてきたのに、五分咲きだったため、些か気の毒だったが、彼女たちは、三百基余りの古墳群が横たわる台地に咲く花々に満足した様子だ。

遠来の客を相手するのに疲れてくると、私が見る心の風景は過去に遡る。

――できることならやり直したい――と思う出来事は多かった。友人と酒が入ると「リセットができたらなあ～」。話題は止めどなく広がる。その都度、元の悪友仲間に戻り、軽口に弾みを付ける。

私に、リセットすべき人間関係があったのは慥(たし)かだ。幾度、失敗を重ねたことか。あのときリセットしていたなら、今の状況は変わっていたに違いない。

だが、人間関係は、パソコンと違って一度リセットしてしまえば、復元はほぼ不可能である。人間関係のリセットは、復元不可能という現実が待っていることを覚悟しなければならないない。人間社会のリセットは、強い意志と重い責任が伴う。

昭和を生きた人間には、度し難い話だが……身内に離婚歴の者がいる。

そもそも、法律上の婚姻は、両性の当事者合意によって成立する契約の一種だから、合意解約や解除があっても不思議ではない。

離婚手続きは、婚姻中に得た財産（資産及び負債）の精算がついて回る。同時に、未成年の子どもの扶養や親権問題があり、完全に合意内容が履行されなければ、明確な結着がつく終決とはならない。

さらに、経済的・精神的負担と犠牲が伴う長い時間と、残酷な現実を覚悟しなければならないのである。

なかでも、直接の当事者である夫婦には、ドロドロとした愛憎劇が待っている事例は多い。芸能人の離婚会見やテレビドラマのような爽やかなリセットは希といってよい。

前述した身内の離婚問題も漸く解決し、彼の再婚相手の女性とも会う機会が多い。彼女とは、まるで旧知の間柄かのように気が合うのである。

彼らふたりも、相性がマッチして、幸せに暮らしている。

翻って、私を含めて、大半の高齢男性は、男社会のなかで生きてきた。男性優位の仮舞台に胡坐(あぐら)をかいてきたように思う。離婚問題の解決には、この影が障害となる場合が多い。女性の社会進出や同性婚など、社会は成熟し、さらに進化のみちを辿るに違いない。私など古い男たちは、その変化に目を逸らさず、反省を重ね、新しい時代を生きる自覚と努力を続けなければならない。そう思う。

どこへ行く？――デジタル・AI社会――

現代社会は、デジタル化によって支配される世界である、といっても過言ではなかろう。デジタルは、上書きによって以前の過去が消去される危険がありはしないか。時間的経過を別途記録しておかない限り、前後の関係性は跡形もなく消える心配がある。もちろん、設計者に抜かりはないことは知っている。とはいえ、生来、心配性のうえアナログ人間の私には不安が残る。困ったものだ。

文豪の原稿がテレビ画面に映し出されるのを見ると、その思考過程が明らかになる。手書きの原稿用紙には、消しては書き、また書いては消す。原稿用紙の空白部分に、さらに書き加える。この繰り返しである。

全ての痕跡が、まるで昨日の出来事かのように、目の前に再現される。それを見るにつけ、一枚の原稿用紙に繰り広げられる、書く人の生みの苦しみや、苦闘の跡が見て取れる。

「高速化は便利だが、あの時代の方が、より安全ではないか」とさえ、私は思う。


現代は、利便性と合理性を飽くことなく追求した結果、便利な社会を獲得し、苦労しなくて手に入る仕組みを我が物にした。

これまでのように、広辞苑や古い辞典と格闘しなくて済む。複雑な計算は、パソコンのアプリを利用すれば瞬時に機械が代行してくれる。高い代価を支払えば、万事楽である。

現代社会は、「スーパーコンピューター富岳」を遥かに凌ぐ処理速度を持つ「量子コンピューター」時代に入ろうとしている。最早、リセット機能は実効性を失うのではないか。ましてて、量子コンピューターが生むＡＩが支配する世の中になれば、決して、ヒューマンエラーを含む全ての「エラー」は許されないだろう。私の妄想は、限りなく広がるばかりである。


最早、人間は「考える葦」ではなく、やがて「考えない葦」と同列に並ぶ日が来るのではないか。そんな気がしてならない。

　これ以上ＡＩを頭に置くと、私の思考回路は乱れ、思考力は萎え、回復不能となるので、考えるのは止めにした。

中村　薫

車中朗読会
幸せのお茶

車中朗読会

私の車では「車中朗読会」が開催されている。私が朗読しているのではなく、聴き手として朗読会に参加しているのだ。聴衆は私一人で、運転手兼務である。

朗読会開催のきっかけは、転勤で通勤手段が自家用車に変わったことだ。サラリーマンの私は、この春から片道七十分余の時間を自家用車で通勤することになった。車通勤を始めて、運転中の時間をいかに有効に、楽しく過ごすか思案していた。そんな時に課題本の感想を述べあう「読書の会」の例会に参加したところ、会員の女性から「朗読を聴くのは楽しいですよ」と言われ、聴き始めたらハマってしまったのだ。

毎朝、車の運転席に座った時に聴く作品を選ぶ。多機能携帯電話の出現により、電波が届く限りインターネット上の好みの番組を視聴することができるのだ。便利な世の中になったものである。「朗読」で検索するとたくさんの朗読作品が画面上に現れる。今日はどれにしようか、と画面上に指を滑らせながらその日の気分で選ぶのだ。画面にはそれぞれの朗読時間も明示されている。短すぎると、通勤中に車を停めて新しい作品を選ばねばならないので、朗読時間が四十分以上のものを選ぶようにしている。職場にたどり着くまでに聴き終えなかったときは、続きは帰り道で聴くのだ。

最近は藤沢周平の連続読み切りの時代小説「三屋清左衛門残日録」のシリーズが気に入ってしまい、続けて聴いている。江戸時代の武家物語だが、藩主の用人を辞し隠居した老人が、その比較的自由な立場を買われて藩や自らの周りにおこる事柄を解決していく物語だ。低く落ち着いた、ゆったりとした読み手の口調が心地良い。登場人物や場面で声色を上手に使い分け、心の機微もうまく表現されており、聴いていて情景がありありと浮かんで来る。若い娘が涙ぐむ場面ではこちらも涙ぐんでしまいそうになる。藤沢周平の作品はもともと好きなのだが、自分の年齢が職場での隠居の年齢に近づいていることも耳を傾けさせられる一因なのかもしれない。

「三屋清左衛門残日録」を聴き始める前は、向田邦子の作品を同じようにしばらく続けて聴いた。彼女の独特な感性、文章のキレ、言葉の使い方は素晴らしく、自然に話の中に引き込まれていく。小料理屋「ままや」の話、家族の話、旅の話。作品ばかりでなく、妹の向田和子さんのインタビューの録音の番組に出会うなど、本だけでは知ることのできない作家・向田邦子を楽しむことができた。

好きで選ぶ作品の他に、多機能携帯電話の画面上の指がたまたま触って選んでしまった作品もある。「おじいさんのランプ」はそんな作品のひとつだ。新美南吉の有名な話だが、読んだ記憶はあるものの、内容をすっかり忘れてしまっていて、どんな話だったかなと思いながら聴いた作品である。ランプの普及とそれに続く電灯の出現という、時代の変化の中で自分を見つけ、人生に挑戦していく主人公の生き様の話である。ランプを割っていくクライマックスの情景は悲しさと悔しさが迫ってきた。その一方で登場人物として女性がほとんど描かれていないことや、「身を立てる」という言葉が数回現れることに気づき、心にひっかかった。本を読んだ時には気づかなかった、時代や作者の背景を改めて認識させられた作品だった。

通勤時間の過ごし方は人それぞれである。車中朗読会を始める前の二年間は片道一時間弱の鈍行気動車、その前の二年間は片道四十分の特急電車を利用していた。列車通勤は出発時間が制約されるが、乗っていれば自分の体は目的の駅までそのまま運ばれていくので気が楽である。そのためか、仲間でずっとしゃべっている人、最初から最後まで寝ている人、司法試験らしき勉強を毎日している人、持ち帰った仕事の書類を読んでいる人、ひたすらゲームに興じている高校生、と百人百様である。私は、全国紙と地方紙二紙を隅々まで目を通した後は単行本や仕事関係の書籍を読んだり、本にしおりを挟んでしばし目を閉じたり、車窓から内海付近の海岸風景を写真に収めたりしていた。これに対し、車中朗読会は自動車を運転しながらであるので視覚はもちろん、手足の運動が著しく制限される。当然、瞼を閉じるわけにもいかない。運転に支障のない範囲で耳から流れ込む情報のみが許されるものである。それが故にのめり込んでしまうのだろう。

梅雨に入り、朗読会を始めて三か月が過ぎた。藤沢周平のように連続読み切りを続けて聴くこともあるが、山本周五郎、夏目漱石、浅田次郎、森鷗外、芥川龍之介、宮部みゆき、吉川英治、瀬戸内寂聴、志賀直哉などなどさまざまな作家の既知・未知の作品の朗読を楽しんできた。その中で朗読についていくつか気づいたことがある。

まず、作家との相性は本を読むときと同じということだ。小説を読み始めて、その作家の文体が苦手ではとんど読めていなくても朗読なら違うかもしれない、と思ってそのような作家の作品の朗読にも耳を傾けてみた。しかし、聴き始めてみると、読むときに単語や文章の流れが受け入れにくいのと同じく、耳に入った言葉が頭の中で滑らかに展開できず、苦痛なのだ。とうとう途中で車を停め、聴くことを止めた作品もあった。教科書に名が必ず載る文豪だったりするが、苦しんで聴くものではない。その作家のファンの方々には申し訳ないことだがやはり相性はある。

次に、しおりを挟んで本を閉じるように、自分勝手に朗読を止められないのだ。運転中に多機能携帯電話の操作は危険なので操作できない。つまり、物語を自分のペースで小休止することや、数ページ読み返すようなことができない。歩道をふざけながら登校する小学生の列や後ろから迫り来る大型トラックに気を取られた時や、頭にちょっと考え事がよぎった時には自然と耳が疎かになって聴き逃してしまう。安全運転が第一であるので、当たり前の話なのだが、聴き逃した部分が話の核心だった場合は話の流れがわからなくなってしまい、とうとう駐車帯に車を停め、番組を巻き戻して聴き直すこともあった。

そして、最も重要なのは、読み手によって作品の印象が変わってしまうことだ。ある作品を途中まで聴いていたが、後で続きをどうしても見つけられず、同作品で異なる読み手のものを聴いたことがあった。すると、まるで味わいが異なり、聴くことをあきらめてしまった。

つまり朗読を聴く、という行為は、朗読者の頭と声のフィルターを通して作品を感じることであり、読むときのように眼に映る文字と直接相対はしていないのだ。この感覚は、小説や漫画が舞台化・映画化された場合とよく似ている。読者が原作を先に読んだ場合は、読者の脳内に作品や登場人物のイメージを誰しも持っていると思うが、その作品が映画化された場合に、配役された俳優や台詞の言い回しがそのイメージと異なっているとがっかりしてしまうことがある。一方で、映画やアニメを先に触れた場合は、映画のイメージで作品を読んでしまうことになり、そこに新発見もあるかもしれないが、頭に描かれるイメージの幅は狭いものとなるだろう。

そしてさらにもう一つ。聴いているときは面白いのだが、聴き終わった後に作品が記憶に定着しにくいのだ。読書と異なり、本は持てない、字は読めない、頁はめくれない、その時の手触りや香りも楽しめない、朗読会の場所はいつも運転席、など要因は挙げられるが、安全運転が第一であり、朗読はそこに潤いを得るためのものなので、それは諦めざるを得ないのだろう。

結局、私は本を読んでいるのではなく、運転しながら朗読会に参加しているのだ。そう気づいてしばらくラジオに浮気したが、数日で朗読会に舞い戻ってしまった。

物語を聴くことはやはり楽しいことなのだ。今朝も車中朗読会の始まり始まり。朗読の声が車内に響く中、私は今日も職場まで車を走らせている。

幸せのお茶

朝起きると、茶筒からお茶の葉を匙で掬(すく)い急須に入れる。日本のお茶ならば煎茶やほうじ茶など、お茶の種類に私のこだわりはない。お茶はいただくことも多く、順にそれぞれ楽しませてもらっている。現在の茶筒の中身は日南市で買い求めたTさんの農園の釜炒り茶である。

沸かしたお湯をポットから円筒形の湯呑みに注いで少し冷ました後、急須に注いで暫し待ち、急須から湯呑みに注ぐ。

食卓に座って湯呑みを覗き込みお茶の色を見てから、湯呑みを持ち上げて顔を近づける。お茶から立ち上る温かさと、湿り、香りが鼻腔内を廻る。

私は飲む前のこの一瞬が好きだ。頭にかかった薄いベールが掻き消え、眼を覚まさせてくれる。風邪気味で鼻がつまっている時はなおさらで、お茶の温かさで鼻が通り、鬱々とした心持ちを一度に晴れさせてくれるのだ。

その一瞬の後、ゆっくりと湯呑みに口を付ける。お茶は喉へ、そして胸へと滲みていく。

「ああ幸せ」と思いながら二口目を飲む。最近は年齢のせいか、有難さが絡んだ小さな幸福を感じるようになった。健康面から「朝茶は福が増す」ということわざがあるようだが、小さな幸福が重なって福を増してくれるのかもしれない。

今日もいい日でありますように。

私は二煎目、三煎目のお茶を満たした水筒を手に職場に向かう。

野田一穂

そんな約束

そんな約束

でも手の中に見えない言付けをにぎりしめているような気がして
それを手渡さなくちゃ
だから
会いたくて

（工藤直子「会いたくて」より）

平塚ミヨという名前に胸が震えるのは語り手だけかもしれない。

けれども何千人という人たちが、「こばんの虫干し」という日本の昔話や、「おとっつぁんのすることはみんないい」というアンデルセンの童話を聞けば、小さい頃、聞いた覚えがあると気づき、小柄なおばさんが柔らかな笑顔で語っている姿を思い出すかもしれない。平塚ミヨさんはそんなふうに六十余年語ってきた。保育園で、幼稚園で、小学校や中学校、そして大人たちに。

おはなしを語る私たち語り手たちの中に、永遠に生き続ける小さな巨人平塚みよさん。

この人のことを語るならば、まず語りとは何かということから始めなければいけない。

私たちのような、いうなれば「おはなし界隈」にいる者（語り手）」の言う「語り（ストーリーテリングともいう）」という言葉が独特の意味を持つということを、つい最近まで気づかなかった。一般に言う「語り」と違いがあることを、ある人に指摘されて初めて気づいた。

それを踏まえて、ためしに「語り」というとどういうことを想像しますか、と聞いてみる。

朗読？

いいえ、手元に本は持ちません。

一人芝居？

いいえ、お芝居のように演じはしません。

騙り？

いいえ、人様を騙すなんてとんでもない。愚直にまじめに生きています。

こんなやり取りになってしまう。

私たち語り手の言う語りとは、昔話や創作作品を覚えて、一度自分の体に入れて、聞き手に届けることをいう。語り手はおはなしの運び手だから、自分が前に出たり演じたりすることはない。おはなしは一旦語り手の中に入って出てくるので、演技はしないが、その人の色がつく。同じテキストを覚えて語っても、違う印象が立ち上がることもよくあることだ。それがまた語りの醍醐味にもなっている。語り手同士では「あの人のあの話が聞きたい」というのがたくさんある。同じおはなしをレパートリーにしている語り手は多く、それぞれの語りに味があるのだが、このおはなしはあの人が語るのが一番面白いと思われるものがあるのだ。

平塚さんの語る「こばんのむしぼし」は、ねずみたちが小判の虫干しをしている時に雨が降りだし、慌てふためきながら穴に運ぶのをみかねて手伝ってやったおじいさんが恩返しをしてもらう日本の昔話。また「おとっつぁんのすることは、いつもいい」は、これこそは平塚さんの語りで聞かなければと思わせるおはなしだ。作家の松岡享子さんが翻訳をするにあたって平塚さんにも意見を聞いたということもあり、平塚さんが語ると本当にしっくりきて心にしみた。

おじいさんとおばあさんが馬を飼っているが、特に仕事もしないので、市場で何かいいものと取り換えてきてほしいとおばあさんが言う。気のいいおじいさんはまず、め牛ととりかえ、それからヒツジからガチョウ、果ては腐ったりんごのつまった袋ととりかえてしまう。その話をきいたイギリス人たちが、きっとおばあさんにしたたかに叱られるというと、そんなことはない、きっとよいことをしたとキスをしてくれると答え、賭けをすることになる。果たして、帰ったおじいさんが馬からめ牛へ、さらにガチョウに、と成り行きを語るとおばあさんはそのたびにおじいさんのしたことをほめて、おじいさんは賭けに勝ち、樽いっぱいの金貨を手にする。おじいさんとおばあさんのゆったりとおおらかな気持ちとにじみでる愛情が、最後には幸運を引き寄せる様子が、途中聞き手を笑わせながら何とも幸せな気持ちにしてくれる。

平塚さんと出会ったのはもう二十年以上前のことだ。「語りをするのなら絶対この人のおはなしは聞いた方がいい」と鹿児島の語り手に誘われて出かけて行った。子どもたちはもちろん、平塚さんの語りに惚れ込んだ大人たちが目をきらきらさせて聞いていた。決して声量があるわけでも演劇的なメリハリがあるわけでもない。けれど目の前でおはなしが立ち上がる。いつの間にか私は主人公と一緒に山を越え谷を渡り、物陰に隠れて鬼をやり過ごしたりしていた。それまでにも数々の語りを聞いてきていたが、すごいとかうまいとか思うことはあっても、おはなしの中に自分が自然に立っているというのは初めての経験だった。

その時から私は平塚さんの追っかけになった。平塚さんが語ると聞けば可能な限り出かけていき、ついには何十年も国立市で毎月開催されている文化施設でのおはなし会にも出かけて行った。この「くにたちおはなしの会」は、「クマのパディントン」などの翻訳で知られている作家の松岡享子さんの指導を受けて、松岡さんがアメリカでの図書館員として経験を積み日本に持ち帰った「おはなし会」を始めた会だ。後には日本で初めて公立図書館に児童室を作るという偉業にも関わっている。「毎回おはなしを覚えて来なければご指導はいたしません」という松岡さんの言葉に従って、若き平塚さんと仲間たちは必死におはなしを覚えたという。

そのおはなしを聞く会が五十年近く続いていて、二〇二三年の五月に第五百回目を迎えた。発足時のメンバーが二十分にも及ぶおはなしを生き生きと朗々と語ったことも素晴らしいが、この五百回を一度も欠かさず聞いてきた人がその場にいたことには驚き感動したものだ。このおはなし会は往復はがきで応募する。返信用には午前・午後と書いて希望の回に丸をする。どちらかでも席を取れるのは至難の技で、両方取れるのは奇跡的とまで言われる会だった。

私は遠く九州からということでお心遣いをいただき、応募すると必ず午前も午後もお席をもらえて、聞く喜びを堪能した。

　私には厄介な癖があって、素晴らしい講演や語りを聞くと、ぜひこれを仲間たちと一緒に聞きたいと思ってしまう。自分では制御できないその欲望に駆られて、それまでも数々の講演を延岡市に引っ張ってきていた。何度かくにたちおはなし会に通い、お願いをして、延岡市で語っていただいた。長年語ってきた人たちも、初めて語りというものを聞く人たちも、私が初めて鹿児島で見た時のように、目をきらきらさせて聞き入っていた。これがおはなしを愛してやまず、「おはなし様」と呼んでいた平塚さんのおはなしの力、語りの力だと思う。

　平塚さんのおはなしを長年追いかけるうちに、達人の語りも変化していくことに気づいた。平塚さんは東北の出身で、東京の大学に進学してから、就職・結婚とずっと東京で暮らしてきた。高齢になるにつれて、少しずつ東北のイントネーションが混じるようになった。平塚さんと聞けばファンがまず思い浮かべる昔話「こばんの虫干し」は、聞くたびに東北の山の優しい秋風に吹かれ、柔らかな夕日に照らされて、丸く丸くなっていく。言葉の方が生まれ故郷に回帰していくのだと感慨深かった。「これからは出前はいたしません。本店においでください」。ユーモアを忘れない、いかにも平塚さんらしい言葉でそう宣言したのが八十代半ば。それからも本店である国立市の公民館や図書館、時には自宅で語り続けていた。二〇二三年の五月、五百回記念おはなし会で聞いた語りが最後になった。

「四百五十回の時も来てくれたわねえ」とにこやかに寄ってきてくれて、延岡市に来た時のことなど懐かしそうに話してくれた。

「この頃食欲がなくてね、まあ九十も過ぎているんだから仕方ないか」と、ころころと笑っていたお顔は快活そのもので、そういえば小柄でほっそりとしたお体に似ず健啖家で酒豪だったと思い出したのだった。その時には胃癌の末期だったことを後で知った。

語り手の理想は、語った自分は忘れられても、語ったおはなしが聞き手に残ることだ。おはなしは語り手の体の中に入ってから出てくるので、テキストは同じでも立ち上がる絵は皆違う。だから「あの人のあれが聞きたい」と皆思う。訃報に接して、もう一度平塚さんのあのおはなしが聞きたい、このおはなしが聞きたいという声が語り手たちのネットに溢れた。

メディアでもてはやされることもなく、本を出したこともなく、長い間ただ「おはなしおばさん」であり続けた平塚さんは、そのおはなしとともに彼女を慕う人たちの中に残っている。

訃報を聞いて号泣した。家人が皆出払っていたので手放しで号泣した。深い喪失感に打ちのめされて涙が止まらなかった。翌朝、福岡の語り手から「大丈夫？」とメールが届いた。ぼくにたちおはなしの会に行った時に、平塚さんが引き合わせてくれた人だった。「泣き腫らした目ですが、これから小学校のおななし会に行きます」と返すと、「私も今から幼稚園」

と返ってきた。いつか語りの先輩が「今日もどこかで語り手たちは語っています」とブログに書いていたのを思い出した。

平塚さんに魅了された私たちは、見えない言付けを預かっている。おはなしを聞く楽しさを届けることを心の中で約束している。

指切りをしたわけでも、言葉にしたわけでもないけれど。

でもそんな約束があってもいい。

福田　稔

走れ、ツバメ号！

七年前に引っ越すのに合わせて、自転車を手放した。それから自転車に乗ることはなかったが、昨年子どもに乗り方の手本を見せようと乗ってみると、難なく乗れた。

人は一度でも自転車に乗れると、その後、乗ることがなくても、再び乗ろうと思えば直ぐに乗れる。これは「手続き記憶」と呼ばれるが、「技の記憶」とも言うらしい。そのおかげで、私は親としての面目を保つことができたのだった。

私が初めて乗った自転車は、父のツバメ号だった。くすんだ青色の、典型的な昭和中期の自転車である。運転は父に任せて、私は荷台に置かれた子ども用椅子に腰掛けた。その様子を写した二歳の頃の写真が残っている。

当時、私は人吉市上青井町の大きな屋敷の二階に両親と間借りして住んでいた。屋敷の玄関を入ると広い土間があって、そこにツバメ号は停められていた。

私は昼間に母親と銭湯（現在の人吉旅館がある場所にあった温泉）に行くか、夜にツバメ号で父と人吉駅前の青柳旅館（当時は父の友人が経営していたので無料）の温泉に通った。生まれてから青井幼稚園を卒園するまで毎日温泉三昧だった。そのおかげで私の肌は今でも艶がある（と自分では思っている）。

荷台の椅子に腰掛けてさえいれば、父があちこち連れて行ってくれたので、大変楽しかった。ただ、怖い思いをすることもあった。

青柳旅館の帰りに、時々父はアイスクリームを買ってくれた。開いている駄菓子屋を見かけると、店の前に自転車を急いで停めるのだが、停める場所には無頓着で、坂道でもスタンドを立てて自転車から離れた。両足スタンドで安定しているはずだが、坂道に停めたので自転車はバランスを失った。私が乗ったまま自転車は倒れ始めてガシャンだ。お店の人の「あら、大変！」の叫び声に続いて、私の泣き声が夜道に響いた。

ただ、幼いながらも私は対策を思い付いた。父が自転車を停めるとき、「ぼくもいく」と声をかけて降ろしてもらうのである。自転車が倒れて泣かずに済むし、お店でアイスクリームを選べた。一石二鳥の妙案だった。

　そのツバメ号は、小学校入学直前に父の転勤で引っ越した頃に姿を消した。父は新たにバイクのカブ号で通勤を始めた。

　私が小学三年生になるとき、再び父の転勤で、私たち家族は八代郡竜北村（現在の氷川町）にある小さな一軒家に引っ越した。あまりの狭さに母が不満を口にしていたことを覚えている。

　間も無く、私たちは近所の大きな家に引っ越した。既に築七十年の古い家だったが、幼い頃に住んでいた人吉の屋敷に似た、伝統的な日本家屋だった。玄関を入ると六畳ほどの土間があったが、小学校高学年になる頃、そこにツバメ号があるのに私は気づいた。それまで父か母の実家に預けられていたのだろう。

　家から中学校までは片道四キロ。やがて自転車通学が始まるタイミングでのツバメ号の再登場だった。両親は私がツバメ号で通学するのを期待していたかも知れない。母によると、私が生まれたの頃の父の月給は約一万円。調べてみると、当時ツバメ号はその倍の値段だった。高価な自転車を無駄にしたくないという気持ちもあったのではと私は思っている。

　しかし、私はツバメ号には興味がなかった。一九七〇年代初頭に沸き起こったジュニア・

スポーツ（自転）車の流行があったからだ。

ジュニア・スポーツ車は、とにかくカッコ良かった。いろんな車種があったが、共通点がある。まず、前面には二灯ヘッドライトを備えていた。それにオレンジ色の方向指示器が付いている型もあった。ハンドルはセミドロップハンドルなので、前のめりの姿勢になる。「のんびり走る子どもの自転車とは違うぞ！」と、アピールしているように感じられた。さらに、ハンドルにはスピードメーターや操作ボタンなどが取り付けられていた。

さらに、五段変速で、小型の空気入れも備えていた。最大の特徴は後部に取り付けられたフラッシャーと呼ばれる電装品だった。テールランプだけでなく、方向指示を光で示す装置だ。

今思うと、不要な贅沢装備で値段を釣り上げた高額車に過ぎなかった。しかし、テレビや雑誌の広告の威力は凄まじかった。六年生の夏休みが終わると、学校では自転車選びの話で持ちきりになった。

実は、私は既に自分の自転車（M号）を持っていた。四年生の頃に買ってもらった、子ども用だった。白と青色で補助輪付きだが、私が気に入ったのは、私の名前の頭文字と同じ赤色のMのマークだった。それは宮田自転車のシンボルマークである。

乗る練習場所は田んぼの中の小道だったので、補助輪が邪魔になった。私は補助輪を外して、母についてもらって練習をした。でも、なかなか乗れるようにならなかった。

ある日、早く帰宅した父が、「ほら行くぞ！」と声をかけてきた。父の練習法は荒かったが、一回の猛特訓で乗れるようになった。

六年生の秋、同級生は次々とジュニア・スポーツ車を買ってもらった。そして、ついに私も新しい自転車が欲しいと母親にねだった。

ただ、私にはあの贅沢装備の自転車が通学に向いているとは思えなかった。テレビや雑誌の広告で、あれで通学する制服姿の中学生など見たことがなかった。そこで私が選ぶ基準としたのは耐久性と性能だった。私はカタログを集めて、冬休みの間いろんな車種を比較するのに熱中した。

最終的に私が選んだのは、流行から少し外れたブリヂストンの自転車（ＢＳ号）だった。私が選んだ理由は四つあった。

一つ目は、ステンレス製で、錆びないことだった。私の目の付け所は（これだけは）間違いなかった。というのも、中学三年生になる頃には、同級生のジュニア・スポーツ車は錆び始めていたからだ。一方、ＢＳ号は十一年も乗り続けることができた。

二つ目は、特殊加工のトリアルタイヤだった。「自動車はラジアル、自転車はトリアル」や「走行パワーが五割アップ」という宣伝文句があった。ところが、その効果を感じることは一度もなかった。というのも、私の通学路は荒れた田舎道で、トリアルタイヤの性能が発揮できる舗装道路ではなかったからだ。

三つ目は、ディスクブレーキだ。雨の日でも直ぐに停止できるということだった。ただ、それが役立ったという記憶はなく、普通のブレーキでも十分だった。

四つ目は、オーバル（楕円形）というギアチェンジの仕組みだった。正直なところ、どこが良いのか今でもピンとこない。ただ、カタログを信用して、理由の一つに加えた。

BS号が届いた日は、下取りに出されるM号との別れの日でもあった。辛い練習と乗れた時の喜びを思い出しながらの別れだった。

そして、玄関の土間には両足スタンドでキリッと立つツバメ号と、片足スタンドで傾いて立つ新車が並んだ。一九七〇年代前半という時代背景もあって、二台の姿は、長髪の若者が古い考えの親に反抗しているように見えてしまった。それでも、翌日の試乗が楽しみでならなかった。

さて、中学一年のある日の朝、登校の準備をしていると、BS号のタイヤがパンクしているのに気づいた。母は、「お父さんの自転車で行きなさい」と言う。「え？　この古い自転車で？」と思ったが、仕方がない。私は父のツバメ号で家を出た。玄関先でツバメ号のサドルに跨って、ペダルを思いっきり踏み込んだ。その瞬間、私は驚いた。

「うわ！　軽い！」

しかも、よく進んだ。古い型の自転車なので、変速機は付いていないが、チェーンはカバーに覆われていて、右足のズボンの端が絡まず汚れない。私は宝を掘り当てたような気持ちになった。

学校の駐輪場に着くと、同級生たちが、「え？　何？　この古い自転車？」と笑いながら言った。私は恥ずかしくなったが、心の中では、「ふん、何を言う！　この乗り心地の良さを知らないくせに！」と言い返した。

それから何度かツバメ号で中学校へ通ったが、同級生に冷やかされることはなくなった。そして、本格的にお世話になったのは、高校生の時だった。

高校二年の時に憧れていた汽車通学を数か月だけやってみた。自宅から有佐駅までの二キロはツバメ号が担当、八代駅から高校までの三キロはＢＳ号の担当であった。結局、ＢＳ号での自転車通学に戻ったが、汽車の中でさまざまな出会いがあって貴重な体験となった。

そして、大学入学と同時に私は家を出て、熊本市内で独り暮らしを始めた。ＢＳ号は熊本市内での移動手段となってくれた。そして、ツバメ号は自宅玄関の土間で完全待機状態となった。

そして、私が大学三年生の頃、両親と妹は引っ越して、それに合わせてツバメ号は処分されたようだ。親子二代に渡って約二十年の付き合いだった。

調べたところ、ツバメ号を作ったのは、鋼管制作を専門とする新家(あらや)工業で、BS号のブリヂストン自転車はブリヂストンタイヤ株式会社から独立した会社だった。そして、M号の宮田自転車は一八九〇（明治二十三）年の創業で、日本初の自転車を作った会社だった。元は宮田製銃所の一部門だったそうである。

それぞれのメーカーが前身となる会社の個性ある技術を活用しながら、自転車作りに勤しんでいたのだ。意味は異なるが、「技の記憶」という言葉が思い起こされる。

間もなく、父が亡くなって七年になる。生前は脚を悪くして歩くのに不自由をしていたが、あの世でも不自由をしていないだろうか。もし会うことがあれば、今度は私が父をツバメ号の荷台に乗せて運転してあげたい。もちろん、倒れないように「技の記憶」を活かしながらである。

丸山康幸

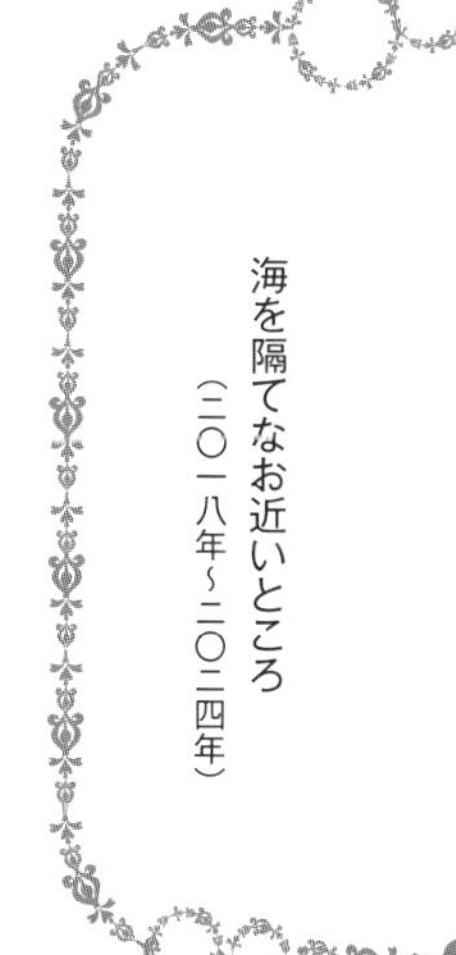

海を隔てなお近いところ（二〇一八年～二〇二四年）

「兄のワジールが倒れて救急治療室に搬送された」。昨年、七月二十一日の夜中にマレーシアに住む彼の弟アジームから電話があった。ワジールは熱中症警報が続く中、毎日働き詰めで、勤務先の解体屋の親方が休みを取るように勧めたのに従わず、現場で遅くまで力仕事をしたらしい。

夜半に厚木市のアパートに帰ってすぐに身体の異変を感じた。意識が遠のく中でようやくマレーシアの弟に電話をして、近くに住む同胞のスリランカ人のラフィと私に連絡するように頼んだらしい。ワジールの従兄弟でもあるラフィがすぐに救急車を手配して「厚木市民病院」に担ぎ込んだ。

私は翌朝車を飛ばしてラフィと病院で合流した。他に厚木市に住むスリランカ人男性が二人いて、四人でワジールの病棟に行こうとしたが、コロナ中なので面会は一日一回だけ、面会者は二人まで、時間は二十分以内と受付で告げられた。ラフィと私が面会することになった。

看護師にベッドごと面会スペースに運ばれてきたワジールは、人工呼吸器や点滴の管に繋がれて意識不明で眼を閉じたまま。腕や顔に触っても全く反応が無い。病名は「強度の脳内出血」。脳幹付近の内出血が広範囲に亘っていて非常に危険な状況、意識が回復するかどうか分からないと伝えられた。

つい数日前にオンラインで「初級日本語」の教科書を一緒に読み通したばかりなのに急な事態の変化に私はとても動揺した。「こんなことが起こるなんて」。私はこのまま意識が戻らない場合どのようにワジールを母国に帰せばいいのか、入院費はあるのかなど先回りして心配した。その場でスマホにオンライン連絡網を設定して、輪番制で毎日病院に行ってワジールの様子をスリランカの家族にも知らせることにした。

解散する時にラフィが「すべてを偉大な全能者アラーに委ねよう」と静かに呟いた。みんな敬虔なイスラム教徒らしく、全員にムハンマドという名前が付いている。

ワジールは四十二歳。ニュージーランドの大学に留学中に父親が亡くなったため、学位取得を諦めて母国に帰り、家長として弟四人の面倒をみてきた。スリランカに奥さんのワジーファ、六歳の息子のアムハール、三歳のアフラという女の子を残してのいわば出稼ぎだ。ワジールの容態はそのまま変わらずあっという間に二週間が過ぎた。

二〇一八年秋、茅ヶ崎市北部の果樹畠で剪定作業をしていると、大型トラックが農道に止まった。運転していたのはインド系にみえる茶褐色の肌をした男性。住所が書かれている紙切れを私に見せて、道に迷ったので教えてほしいと困った表情で尋ねる。流暢な英語を喋った。荷台には古い畳が山のように積まれている。

紙切れの住所は畠から数百メートル先の斉藤牧場だった。助手席に乗って一緒に牧場まで連れて行った。畳は解体作業で出た廃棄物で牛舎の床に敷くらしく、一枚当たり二千円を支払い牧場に引き取ってもらう仕組みだと説明された。

ワジールはインド大陸の南端の島国スリランカから「外国人技能研修制度」を頼って来日したばかりだったが、希望する自動車修理技術のカリキュラムはおろか日本語の授業さえ用意されておらず、厚木市役所などに尋ねても制度利用の具体的なアドバイスがもらえなかった。家族に仕送りをして、自分の生活費も稼がねばならず、取り敢えず日当一万円足らずの土建業のアルバイトをしていると分かった。話が弾んでとても楽しかった。私は電話番号を交換して、よほど困ったら連絡してほしいと申し出た。これがワジールと知り合うきっかけだった。

二〇一九年初頭から世界中が得体の知れないウイルスに振り回された。スリランカ政府はいち早く入出国制限を行なった。ワジールのような海外滞在者がスリランカに戻るには、入国の際のコロナ検査が陰性でも、飛行場の隔離施設で強制的に二週間の待機が強いられた。また、再度日本に渡航するビザ取得は非常に困難になった。

ワジールはその騒動にすっぽり嵌ってしまって、母国に帰りたくても帰れず厚木のアパートで立ち往生していた。当面は日雇い仕事を続けてコロナ禍が去ったら、本来の目的である「自動車関連」の仕事に就くつもりだったが、私は日本の現状から判断してそれは容易ではないと予想した。代わりにコロナが終焉したら一家でオーストラリアかカナダに移住した方がいいのではと意見した。「外国人技能研修制度」は本来の趣旨から離れて多くの場合、農業や土木建築の人手不足を開発途上国からの労働力で補う隠れ蓑に利用されていた。

そんな状況でもワジールは精一杯頑張っていた。コロナでアパートと現場の往復しか叶わないなか、毎週日曜日にオンラインで私と分厚い「初級日本語」の教科書に取り組んだ。「ビデオ授業」は最後の方にはいつも脱線してしまい長時間の四方山話になった。

一方でワジールは故郷に残した家族と会いたい一心で、まさにホームシックそのものだった。何回か私の家に招いた。イスラム教で許される食材を使って日本料理でもてなしても、あまり手を付けず果物ばかりを食べるので心配になった。アパートでは専らスリランカ風のカレーを一度にたくさん作り置きしてそれでどうにかお腹を満たしていた。

スリランカは北海道と同じくらいの面積で人口は二二〇〇万人。人口の七割を占める仏教徒がヒンズー教徒と対立していて、長く内乱状況にあった。コロナに加えて停電、高インフレ、通貨価値の下落、財政悪化に苦しみ、食糧、燃料、医療品の輸入代金を支払うのが困難になっている。港、道路など主要な社会インフラは、巨額の借款の引き換えとして実質的に中国政府の支配下にある。ワジールは、自分は日本で米国ファイザー製のコロナワクチンを接種できるのに、家族は接種による後遺症が多発している中国製ワクチンしか打てないと嘆いた。

私は手にした本で、スリランカが戦後日本の復興にとって救世主だった史実を知った。一九五一年に開催された「サンフランシスコ講和会議」は、第二次世界大戦で「無条件降伏」した日本をどう処分するかが戦勝国によって議論された。会議では戦勝国のうち幾つかの国（ソ連、中国など）が日本の領土を南北に分け合って「分割統治」をしようと主張した。また、日本が及ぼした被害に対して莫大な「賠償金」を払わせようと主張する国がたくさんあった。

日本はまさに発言権を一切持たない「まな板の上の鯉」だった。

会議は各国の思惑で大混乱したが、スリランカ（当時はセイロンという国名）のジャヤワルダナ大統領が歴史的な演説をした。「セイロンは日本を分割統治するのには反対だ。また日本と日本人が貧しくなってしまうような賠償請求もしない。憎しみは憎しみによって消え去るものではなく、慈悲によってのみ消え去る」。この主張が会議の流れを劇的に変えて、日本は分割されず、賠償請求をしない国が多く出た。この事実を知って、私は一層ワジールのことが気になるようになった。

二〇二三年の五月、イスラム教のラマダン（断食）が始まった。コロナも少し落ち着いて日本政府も観光ビザの発行を緩和したので、ワジールは家族三人を二か月あまり日本に呼び寄せた。旅費の工面が大変だったらしいが、ワジールのホームシックはその間は治癒された。私の家にも遊びにきた。子ども二人も英語を話し、日本のコンビニ菓子がお気に入りになった。一緒に行った江ノ島では最上階まで登った灯台が強風で左右に揺れて驚いていた。日本人の高校生カップルが制服姿で人目も憚らず抱き合っているのを見て、小学校で科学の先生をしているワジーファは目を丸くして「スリランカではありえない」と呟いた。富士山のそばの山小屋に行った帰りには、新富士駅から小田原まで初めて新幹線に乗った。ワジールが倒れたのは家族が帰国して一か月足らずだった。

入院から三週間が経って、私がワジールの右手をさすっていたら微かな反応があった。すぐに看護師に伝えたが、相変わらず目は閉じたままで意識は戻らない。

それから数日してラフィから「今日病院に行ったら、昏倒後、初めて目を開けて喋った」と連絡があった。早速スリランカの家族に電話したら奥さんのワジーファが「奇跡が起こった」と、興奮して大喜びした。脳幹の出血はまだ広がったままだったが、幸いなことに言語を司る部分は損傷しなかった。母国語のタミール語も英語も、私と勉強した日本語も正常に発語した。しかし左半身全体の麻痺は残った。

「厚木病院」は急性期に必要な治療は終わったとの判断で「神奈川リハビリ総合センター」へ転院を求められた。車椅子付きの特殊なタクシーで寝たきりのワジールを連れていった。この病院には本当に感心した。ベテランで英語も堪能な主治医を中心に、看護師、理学療法士、ソーシャルワーカーがワジールのために、特別にチームを組んで結局十一月末まで続いた濃密なリハビリを献身的に支えてくれた。

ワジールは砂糖を入れたセイロン紅茶とか大好物のクリームクラッカーを食べたいと何度も訴えたが、主治医の所医師いつも笑いながらその願いを一蹴した。「まだ血栓が右脚の血管に残っていて、それが血管壁から剝離して肺に入り込むと致命的。食事制限は一〇〇パーセント守らないと命の保障はできない」。このリハビリ専門病院に通ってワジールに会うたびに、その結果をオンラインのメッセージで詳細に家族や友人に送った。

二〇二三年十一月三十日、ワジールは四か月余のリハビリを経て、車椅子に乗れるまで回復してマレーシア経由で帰国した。退院時に所医師の発案で記念写真を撮った。ワジールは今もスリランカで麻痺したままの左腕のリハビリを続けている。「麻痺が軽度になったら海を渡ってスリランカに行くので、その時に一緒に新しいビジネスの企画を作ってたくさんお金を儲けよう」と約束している。

森　和風

贋作者の嘆き

〝守〟――贋作騒動の中で――

嗚呼!!　また始まった。今回は、日本の地方「徳島県立近代美術館」の壁面を飾って何年も経っている、フランスの〝モダン・アート〟――マティスやピカソの生きた時代の約一世紀の表現・美術運動であらゆるジャンルに影響を与えた――と言われた〝フォービズム〟＆〝キュビズム〟の旗手だったアンリ・マティスとパブロ・ピカソの同時代にピカソ等と共に、革新的な発想で、新しいアートの世界を創ったジャン・メッツァンジェ（１８８３〜１９５６）の「自転車乗り」（55×46㎝）彼の二十八歳時の作品だと言う。画面の中で、颯爽と走る自転車乗りの姿は、まさしく、当時の芸術運動のキュビズム――革新的な構図――で描かれた代表的な名作の一枚である。何と当時の美術館は六七二〇万円で購入したと言う。二十五年も経って、今頃、贋作騒動に巻き込まれて、アンリ・マティスやパブロ・ピカソも困惑しているに違いない――。

その最中、美術館側は〝贋作である〟という噂や記事が発表された……とかで、その作品の展示を停止――その上、他の美術館でも借出し展示される予定だったものをキャンセルした……とテレビのニュース報道をやっている……。

その上、その美術館の担当課長が困惑した顔で、「信じて展示してきたものが、贋作だったとは？‼？……」と話している――。

今まで、自信を持って「美しい‼　一つの時代を表現して余りある作品である……‼」と展示してきたものを、何と贋作だった！と解ったことで引っ込めてしまう意識？　――――‼？

私は何ということか！！――と。信じて購入し、県民、市民、この美術館を訪ねて観覧された人々に胸を張ってご覧いただいた作品ならば、引っ込める必要はないと信じている。

百歩譲って、真贋の程が明確になった時に初めて「その理由と表現テクニックの違い」を解説して、痛快なる気分を味わえば良いのになあー!! 詫びる必要もないし、真贋の査定ができる芸術家でも評論家でもないのだから……!!

私がこのようなことを言うのには、大きな、本当に人生のショックを感じた〝大きな理由とナ・ル・ホ・ドと感じた不思議な記憶〟が心奥深く鎮座しているからに他ならない——。忘れたくても〝忘れられぬ記憶〟……それは今から六十、七十年も時を遡らねばならない〝記憶の欠片たち〟の中に、私の魂を揺さぶった幾つかの事象が甦ってくる。私の十代最後のちょうど十八〜二十歳になる福岡の短大在学中に、偶然としか言いようのない〝心の洗礼〟を受けてしまった——。

その頃に私は人生最大の、一度目の〝カルチャー・ショック〟と出会い、人を生きる〝恐ろしさ〟〝楽しさ〟〝不思議さ〟〝難儀さ〟、まだまだいっぱいの思いを、何者かにいただいてしまった——。

〝人間は偶然に物と出会い、出会いたくても出会えない事象があるのだと知ったのも、この頃の私〟——。私の記憶の欠片が少し気掛りなので、思い出しついでに吐き出してみたい……と思う。——皇太子様&美智子様のご成婚〈昭和34年〉、何と言ってもピエール・カルダン の登場だ!! クリスチャン・ディオールを差し置いて、その頃のシネモードを支配した。

仏・伊合作映画『ラ・ノッテ〈夜〉』の女主人公の衣装全部!!　――第二――ステファン・ツヴァイクの短篇小説『未知の女からの手紙』――別に『たそがれの恋』の題名でも出版されている――の中で〝男の本性〟を認識したショッキングな思い出。――第三――ジョゼフ・ケッセルの『昼顔』の小説の中に〝女の本性〟と出会い、感じ、私の〝心の修行〟は最大のカルチャー・ショックで溢れんばかり……。少女時代から娘時代に入る頃に、心に最大級のアッパー・カットを受け……、嗚呼!!　私は独身主義を通すのだ!!――と両親に宣言した思い出も甦る。――!!

そんな〝心の修行〟をしていた矢先の贋作騒動のニュースであったから、その時の〝贋作者の言葉〟がさらに大きなカルチャー・ショックとして心の中に重く、重く動けないほどの重さで居座ったに違いないのだ――。その贋作者の言葉が今もなお、心に刺さったまま凄い記憶と私の芸術家としての表現者の意識を支えている言葉になっているからに他ならないからだ――。

そのフランス人贋作者の有名な画家が刑務所から刑を終えて出所する時の言葉に、本当に、本当に驚いたのである。何とその人物は、私の描いた贋作は、日本の〝国立近代美術館〟にたくさん飾ってある――と言うのである――。

その上、私にしか解らぬ方法で自分のヽヽヽサインを入れている……!!と言った。また、その男は、「贋作ができぬ作品はない!!」と言い放っている。……だが、一人だけ相当頑張ったが、どうしても贋作が創れなかった画家がいる……と言う!!……それは、アンリ・マティスだと。彼の作品だけは贋作は創れない!!……と。ここで私は息を飲むほど驚愕し、ナ・ル・ホ・ドと何度も何度も我が意を得たり……!!の感で納得したのである——。

贋作者は話す——!「マティスの作品の線は、迷っている線ではないが、一瞬〝戸惑う線〟がある……!! それだけがどうやっても創れなかった……」としきりと自分の人生の最大の残念事であった!!……と言い切っていたのである——。——!!

「ウァー!! 凄い贋作者が居るのだなあ——!!」と耳を疑うほどのショックと感動を味わったことが昨日のことのように眼前に今もなお、甦ってくる——。……!!——。

〝破〟——今、表現者として六〇年を生きてきて思う——

私が〝書の道〟——線と造形と空間と文学の世界に踏み込んだ理由と、解らないことを、解明したい——!! 理由のために、始めた表現世界は此処から始まった——。

プロの画商から六七二〇万円もの額で譲り受けた名作!! 今日まで、自信と誇りを持って美術館の壁面を飾ってきた一枚の絵画——。

そう簡単に引っ込められるものか!! 美術館の学芸員も根性がないようだ!! ……美しいと感じた一枚の、しかも一時代を表現してきた、日本に数少ない絵画のはずだ――。〝日本人らしい精神的潔癖さ〟は感じるけれど、日本人の美意識を信じて、現代社会に投げつけてみれば、絶対に何かが起こったはずだ――。人間は考える葦である。何かが起こるよう期待してまた、私は思う。私はこの歳を生きて今思う――!! ――〝私はいのちあるかぎり、考える葦でありたい〟――。

〝離〟――〝戸惑う線〟という表現を知りたくて――

書表現者の道を選び、歩き続けてきた。考える葦は、人生に戸惑いながら、いのち華やいで今!!を生きている――。

私は思う――「人間は考える葦である」と六〇〇年も前にパスカルは言った。

この生命を生きる時、人にはそれぞれ不思議な力に支えられ、不思議なものと遭遇し、毎日毎日人は動いている。人は生きている。死にたくないから生きているのではない!!

この世に生を受けて親に育まれる時、家族に支えられ生きてきた。友に支えられ、周囲に期待され生きてきた――。何と有難い、不思議な生きものであるか?!! ――人間!! ――。

嗚呼――‼　また、ヒ・ラ・メ・イ・タ‼　――思い出の欠片‼　――そして今一つ当時の私の脳裏にコビリ付いて離れない事象‼　――これは今もなお続いているが、ファッションを勉強中（18歳～20歳の時）、藤田嗣治の展覧会に行った時、大作のデッサン――イメージは180×120㎝くらい――の「裸婦像」であった。この裸婦像の中に、あちこちと見えかくれする〝戸惑う線〟は私にとって、アンリ・マティスそのもののように感じられた。フランスに帰化して〝レオナール・フジタ〟になったのだと知った時、――噫‼　やっぱり、藤田嗣治は線が生命だと知っていた画家であったと……‼

――エコール・ド・パリを代表する画家であり、二度と日本に帰らなかった偉大なる芸術家であった――。

――合掌――

森本雍子

永遠の煌めき

川のながれ

我が家のある五十戸ほどの団地ができ、入居して六十年余りとなる。以前のこの辺りは田んぼだったと聞く。そういえば家の北側に幅二メートルくらいの用水路があり、きれいな水が流れていた。道行く知り合いの人々は口を揃えて「昔はまこちきれいな水が流れよった。フナやハゼやメダカもな、小さな魚もぎょうさん泳いでいてな。夏なんか、この水の中に入って遊びよったもんよなあ」。まあ、このような類いの話をよく聞いていたものだ。我々夫婦も若く、一人娘を保育園に預かっていただき、共働きをして生計を立てていた。

今振り返ると、若い世代、子どもたち、高齢者と入れ替わりはあるものの、良くまとまった団地であった。

現在、我々大婦も最高齢者となり住宅を娘夫婦に譲り、一軒置いて隣に住んでいた義母の家に隠居者として住んでいる。

住み始めた当時、埋め立て地が低いのではとも思われたが、これまで水が家屋に上がったこともなく、みやざきエッセイスト・クラブ設立時の副会長を担当された宮崎大学工学部長の故藤本廣先生がご夫妻で遊びに見えた折、地域をご覧になり「津波の時は液状化現象に気をつけた方がよいかも知れない」と心配してくださったものの、今のところ無事だが、今後は何とも言えないのである。

ある年の夏の日、その用水路に単車に乗った二人連れが飛び込んだのである。我々の自宅の前は急カーブのところなので、事故の起きないようにいつも祈っていたのだったが。大きな音と女性の鋭い声の響きに慌てて外に出た。

水の中で、若い男性が単車を立て直し、通りすがりの男性であろうか？　一緒に道路に引き上げようとしていて、やっと上がってきた。ずぶ濡れの二人の男女、男性のTシャツの背中には「井上陽水」と白抜きされたものを着ていた。「早くこちらへきてシャワーを使いなさい！」と言うと、悪びれもせずに頭を下げて女性を伴い、我が家の玄関横の風呂場にあるシャワーを使い出したので、洗ってあった夫と私の衣類を差し出した。あいさつも無しで「井上陽水」たちは立ち去った。

「あの人たちそれっきりね」と私。「待つ方がおかしいよ」との夫の意見だった。

その後、その用水路は暗渠（あんきょ）として改造することになる。吉村八幡神社の宮司さんによると、この用水路の前は小さな川がたくさんあり、神社の南の道は田んぼで、魚も手で抄（すく）うことができたようであった。そんな小魚を干し物だろうか、神前にお供えされたことが多々あったと言われるが、先代の伝えかも知れない。

一昨年であったか「宮崎科学技術館」の創立三十五周年記念行事で、徳川家の第十九代当主である徳川家広氏が招かれて来られた。その折、宮崎市の新別府、江田原、吉村あたりは「天領地」であったとの事務局からの案内であったので、檍郷土史を開いてみた。それまで知らなかったので、不勉強とは言え地域の歴史、風土など新鮮であった。この吉村あたりも小川がたくさんあったようだ。

天領地は一六九二（元禄五）年から一八六七（慶應三）年までおよそ百七十年間続いたよう

であった。

村の鍛冶屋

天領地はともかくとして、江戸時代の天保年間には田畑を耕す人々が増えてきたのであろうか。

くわ（鍬）、すき（鋤）などの誂えや修理などに多くの人々が鍛冶屋と呼ばれる職人さんを利用しだしたのは当然のことと思われる。

いまも、三代続いてきた鍛冶屋さんがこの吉村に一軒ある。現在の当主は石川善一さんだが、祖父は明治・大正時代に、父親は昭和時代に、炉に火を入れ、金属の熱処理や精錬に用いていた時代を懐かしんでおられる。彼は、祖父のことをいわゆる、くわ、すきなどを扱う「道具鍛冶屋」だと思っている反面、江戸時代に入り「刀鍛冶」は少なくなっていたが、彼の祖父は「刀を打っていた」という話も聞かされていたらしい。

一番見聞きしていたのは、父親の時代であろうか。善一さんが知っている昭和時代の最盛期には、「鍛冶組合」に五十軒から六十軒は加入していたと思う、と振り返る。くわや前がきなど直接注文が入ったり、あるいは金物店などを通して話がきたりしていたと話す。また、建築資材などの仕事も入ったりしていたが、農業を廃業したり、いろりや火鉢の消滅など生活様式が変わったり、台所の包丁研ぎなどの減少や建築資材の需要も少なくなったり……と言われる。そこで、「私は昔から、文部省唱歌の『村の鍛冶屋』が好きでね。あの歌から元気をもらうものね」と私が話しだすと、「ちょっと待って！」と、奥の自宅からハーモニカと歌詞の載っている古いノートを持ってきて、ハーモニカを吹いてくれた。私もハーモニカに合わせて歌った。

昭和二十二年改訂後の歌詞だそうである。

一　しばしも休まず槌うつ響き
　飛びちる火花よ　はしる湯玉
　ふいごの風さえ息をもつかず
　仕事にせい出す村のかじ屋

（昭和二十二年文部省唱歌）

心が何か、軽く温かくなった。道路に面している鍛冶屋さんの仕事場。善一さんによると、この辺りも田んぼが多かったらしい。きれいな水の流れていた用水路にも詳しい。

彼は自転車に乗って通る人に明るく、「どこ行きなるなあ、車に気をつけてな」と、声をかけられる。

『古事記』によれば、鍛冶の祖神と言われている天目一箇神（あまのまひとつのかみ）（天津麻羅）は天照大御神が天岩屋戸にお隠れになった際、刀、斧など祭器をつくられた神と言われ、天照大御神が天岩屋戸から出てこられるのにも貢献されたことを思えば、善一さんの根っからの明朗なご性格も頷ける。

ところが、本年五月末、その仕事場に解体工事が始まっていた。そして十日ほどできれいに無くなっていた。

善一さんと出会った。言葉が出なかった。

改めて、夫と焼酎を下げて行こう。

ウズメの舞い

その土地、土地に伝わる、神楽や歌舞伎を見るのが好きである。夫の出身地の日之影町には、岩戸神楽が残っている。もともと神楽は豊作祈願なので、新嘗祭（にいなめさい）（現在は勤労感謝の日）から始まったようである。地域の神社から神をお迎えし、神楽宿で夜を徹して三十三番舞うのだが、神楽の終わりに近づく頃ようやく夜が白々と明けるようであり、この設定は全く『古事記』の天照大御神がお出ましのところと類似している。

私の住まいする吉村八幡神社の春神楽は「昼神楽」である。平野部で催される神楽は物語性の強い神々の「夜神楽」に比べ、何とはなしに日常性を感じ、人々と神々が隣り合わせにいるような親しみを感じる。

三笠の舞は五穀豊穣の祈願と言われていて、とこしこの舞（三人剣の舞）などは人々がこの平野を耕し、農作業を守ってくれる神に感謝し、草を払い耕し種を播く。そのような作業を穏やかに舞い、奉納するのであろうか。

本年一月八日、文化庁の「能楽キャラバン」が、宮崎は清武文化会館の半九ホールで催された。

人間国宝の大槻文蔵の翁である。翁は、古代から天下泰平、国土安穏、五穀豊穣を祈る。古代からの祝祭儀礼の演目で「能にして能にあらず」と言われ物語性はなく平和を祈るものとある。

白い翁の荘厳な祈りの後、黒い面の野村萬斎の三番叟である。三番叟は「舞う」ではなく「ふむ」と言うのは、単に足拍子が多いからではない、もっと深い意味があると狂言師の萬斎は言う。アメノウズメが地を「ふむ」ことで森羅万象、神々を笑わせたように「ふむ」ことこそなのだと言う。まず「揉むの段」は演じる者が神や精霊のよりしろ（のり移るもの）となり、掛け声で悪いものをおいしずめ力足で、ふみしずめるのだ、と。

このように萬斎が語っているのを聴き振り返って、三番叟の「揉むの段」を橋掛かりから静かに出ると、あと、彼のふみしずめる、足拍子と囃子座からの、鼓、笛、地謡が力強く調子をとると、万足との相性が渾然一体となり、そのエネルギーに包み込まれ、見ている方も息ができないほどの一体感を覚えるのだ。

また、「鈴の段」の一振り一振りの鈴は、アメノウズメが天の岩屋戸の前で舞った神楽の系統をひいているとすれば、「三番叟」は女性の舞いかも知れない、と萬斎は言う。

私はこの三番叟には特に興味がある。幼少の頃から日本舞踊に親しんでいたからか、祝儀舞の三番叟には愛着がある。先に翁が出るのは随分前に折口信夫の本で読んだ。

以前は、狂言師が「ふむ」三番叟は正月の祝いのみに演じたらしいが、現在、野村萬斎のものは人気で、年間十回ほど「ふむ」らしい。私はテレビで、東京の日経ホールだったか演じられたものを見た頃から憧れていた。本年早々に念願叶ったのである。

弥勒祐徳先生がこの五月に亡くなられた。久しくお会いしなくても、お会いすれば昨日会ったように思える不思議な方であった。大事に持っている本がある。『絵が動く』という先生の自伝的エッセイ集だ。文章もだが、一番好きなのは油彩の「うずめの舞」である。神楽の一場面で、しかも黒紋付なのだ。

アメノウズメの舞いがそこにはある。

夢人

紡がれる想い
—サムシング・グレート—

紡がれる想い——サムシング・グレート——

「母方のお祖母様（ばあさま）の障（さわ）りかもしれません」

ここ数年は、これまでの長い人生の中で、全く経験のない、命運尽きるがごとくの日々であった。抜けることのないトンネル。次から次へと押し迫る多事多難。単なる偶然の巡り合わせと言えなくもないが、それにしても、うち重なる厄運に、ホトホト疲れ果てていた矢先だった。

さかのぼること六年。夏に長崎の実家に帰省すると、母親ができたばかりの、諏訪神社の祖霊殿のパンフレットを持って待ち構えていた。父が鬼籍に入り二十三年。七人兄弟の長男だった父だが、次男の弟も鬼籍に入り、残る五人も寄る年波と、それぞれに病を得、坂の多い長崎の霊園への墓参もままならなくなっていた。祖母が悪性リンパ腫で逝ったのが一九七〇年。そして十三年後、祖父が腎臓癌で死に、父が建立した墓も三十五年の月日が経っていた。親子三人が入る墓だが、新しく祖霊殿が建設されたのを機に、母が〝墓じまい〟の算段をしたのだ。私は、旅装を解く間もなく母と慌ただしく見学に行き、その場で契約を交わした。第十六代大山家当主として（と言うほどの家格ではないのだが）、縁戚一同には事後承諾となってしまうものの、神道の社格としても申し分のない諏訪神社の祖霊殿である。エレベーター付きの心地よい空調と、カードでの出入りをする近代的なものである。否応あるはずもなく、十一月には一族郎党集まり、祭祀を行った。三十年分の供養代も支払い、母も積年の懸案が片付き、私も長男としての責務を果たした、という安堵感に浸った。

さて、一方の母方のほうだが、昔のこととはいえ、少々複雑な家族関係で、祖母は東京田町（たまち）生まれの、博多中州育ち。曾祖父は、当時の時流に乗り、大陸で一旗揚げようと、一路博多まで西下した。いざ大陸へという矢先に博多が気に入り、長屋を買い取り、中州で舞妓・芸妓の足袋作りにいそしんだ。山高帽にステッキを持ち、洒落者で通っており、足袋作りでも、曾祖父の足袋でなければという、贔屓（ひいき）の舞妓・芸妓が多かったらしい。長じた祖母は、花嫁修業に上京し、そこで長崎は島原出身の青年と知り合う。器用な人物で、学もあり、農業機具を発明し、特許販売を行うと、これが当たった。しかし、以前に患った結核が悪化し、島原の実家に帰ることとなった。三女をもうけ、末娘がようやくお座りができるようになる頃、落ち着いたのも束の間、流感であっという間に逝ってしまった。実家は農機具販売で裕福ではあったものの、三人の幼子を抱えた祖母。

　しかし、東京生まれの博多育ち。いなせな曾祖父に、幼少時から日本舞踊などを仕込まれ、東京で花嫁修業をしながら、田町小町と言われるほどの美貌である。後家となったものの、その祖母を見初めた私の祖父は、乳飲み子の三女を養女とし（長女、次女はそのまま前夫の実家にとどまった）、上二人の娘もすぐに会えるよう、三軒隣に居を構え、祖母を迎え入れた。そして生まれたのが私の母である。その下に三男をもうけ、役場勤めの祖父は町長選にも出馬し、男盛りを少し過ぎた齢（よわい）五十八にして、突然医療事故で死んでしまった。祖母は、いわゆる後家相とでも言うのだろうか。当時医師であった三女の夫が、病院と交渉して得た示談金で、小売店を開業し、以後生計を立てたのである。

　母の実家に帰る度に、私と弟は何の疑問もなく、祖母のことを《おーちいママ、おーちいママ》と呼んでいた。小学校に上がって最初の夏休みに、初めて祖母に尋ねた。「どうして僕たちは、おばあちゃんじゃなくて、《おーちいママ》って呼ぶと？」。すると、祖母は可笑しさをこらえきれないように、一瞬間をあけて答えた。「ヒロ坊が生まれて、ばあちゃんとは呼ばせたくなくて、《おーきいママ》と呼ぶように教えたとばってんくさ。あんたがまだ小さくて〝おーきい〟を〝おーちい〟ってしか言えんでくさ。そのまま《おーちいママ》になってしもうたとよ」。

自分の幼いころの話を聞かされ、恥ずかしいやら、しかし、《おーきいママ》よりも《おーちいママ》の方が断然良いと変に一人得心した。その後、《おーちいママ》は《ばあちゃん》へと変わった。時は過ぎ、上の三女と下の三男は県外に居住しており、祖母も齢を重ね、店も閉め、長崎の病院に入院した。必然的に母が後見人となり、二〇〇二年、九十四歳で大往生をとげた。駆け付けた福岡の長女夫婦と母によって荼毘に付された祖母は、墓のある島原へ、ようやく数年ぶりに帰ったのだった。生前、信心していた寺に位牌堂を設け、母が親しくしていた住職の計らいで〝お骨〟も預かってもらうことになった。以後、母は毎年付け届けと、位牌堂料を納め続けた。

二〇二〇年。私にも大きな転機が訪れ、心機一転、新生活が始まろうとした四月。コロナ禍に見舞われ、蟄居閉門を余儀なくされた。かといって、仕事柄、対応に追われながら忙しい日々を過ごし、独り身の物淋しさを思い煩う暇もなかった。

日常では、流行の映像アプリを導入し、映画やドラマ三昧、楽器や語学のブラッシュアップ、そしてしばらくぶりに筋力トレーニングも再開した。しかし、〝バネ指（弾撥指）〟〝手根管症候群〟を発症し、九月、十一月、そして年明けの二〇二一年二月と立て続けに手術を行った。これで後顧の憂いもなく、すっきりと生活を送るはずだったのだが、三月を過ぎた頃から、両側の手指関節に痛みがある。起床時には、目覚まし時計を止めるのも、難渋する始末である。筋トレのしすぎか、はたまた日々の電子カルテ入力のせいか。診療のみならず、書類作成も多く、eスポーツなみに手指を酷使している。中指の関節も心なしか腫れて赤くなっている気もする。しかも、日々身体に鉛が蓄積していくかのように重だるく、気分も沈んでいく。何かあるに違いないと、関節リウマチ、多発筋痛症、悪性腫瘍等々、さまざまな検査を行ったが、原因は分からない。

気づけば半年が過ぎていた。日々の診療に精いっぱいで、帰宅すればただひたすら休息をとり、脳裏には〝死〟の文字がちらつき始めた。いよいよこれは危険兆候だと、炎症反応の高値だけを頼りに膠原病科のドクターに相談した。結果〝関節リウマチ〟の診断。早期で、しかも血液検査で関節リウマチ特有のマーカーが出ないタイプだった。餅は餅屋と言うけれど、数多くの患者を診てきたベテランの専門医師からすれば、データに頼らずとも、すぐにあたりがつくのだろう。本格的に治療が始まり、薄皮をはがすように症状は改善していった。

　年が明けた二〇二二年、穏やかな日常を取り戻すかと思われたが、日々の診療に加え、経営に関わる一切の雑事。労務、税務、計理、銀行や業者との折衝。二十年近く経つと、設備も老朽化し、湯水のごとく金も出ていく。加えて、長引くコロナ禍の影響で目に見えて収入も減り、進退極まるのも時間の問題であった。秋頃からようやく復調の兆しが見え、ほっとしたのも束の間、十二月の正月休み前の繁忙期に初のコロナ感染。こうして長い一年が暮れた。

　二〇二三年になると、体調も、診療も好調を維持し、コロナ前の状態に近づき、夏を過ぎた頃には一応の目途が付いた。そんなある日、食器を洗うほんの十数分。右下肢がしびれると同時に動きが悪くなった。自己診察を行い、脳卒中ではない（八年前に不整脈で心臓のカテーテル手術を行っており、脳塞栓の可能性もある）。翌日、腰のＭＲＩを撮ると椎間板ヘルニアと辷り症が判明した。すぐに投薬治療を開始したが、十一月、一時的に歩行不能となる。診療のスケジュールを調節し、二〇二四年二月。手術を決行した。

「母方のお祖母様の障りかもしれません」

元々占いの類は嫌いではないが、さる知人からそう言われた。

（えっ？　おーちいママが？）よく、生霊、死霊などと言うが、祟られる覚えはあるといえばある、ないと言えばない。まさかそんなはずはないだろう思いながら、母に電話をした。驚いたのは母の方だった。遡る（さかのぼる）こと三年前の二〇二一年の秋。福岡市の長姉の息子が祖母の墓参りをしたいと母に連絡し、連れ立ってくだんの寺に参った。住職の代も替わり、立派な納骨堂も建立されていた。位牌堂に参った母は、顔なじみの前住職の妻と久しぶりに言葉を交わし、話のついでに「そう言えば母のお骨（こつ）はどちらに……。あの立派な納骨堂に安置されているのでしょうか?」。途端に前住職の妻の顔色は変わり、「息子に聞かないと納骨堂の鍵のありかはわかりません。電話してみます」と慌てて、出て行った。結局、息子とは連絡が取れない。骨はそちらが持って行ってないですか? などと、ありもしないことを言い始めた。母は、「一人思い当たる甥がいますので確認はしてみますが、お骨は動かしていないはずです」。そして、甥に確認したが、骨のことは全く知るよしもない。おそらくは、納骨堂を建立した二〇二〇年の秋に、訪れるあてのない、古いお骨は処分されたのかもしれないね、と母は言った。

二〇二〇年の秋……。偶然の一致なのだろうか。果たして、この三年余りの出来事は、祖母の障りなのだろうか。もしそうだとしても、今さらお骨の有無を問いただすのは、徒（いたずら）に混乱を招くだけだろう。これはきっと、残された時間の中で、これまでの来（こ）し方と行く末に、もう一度思いを作(な)すようにとの慈誨(じけ)ではなかろうか。己に与えられた使命を果たし、これまでの数多(あまた)の先祖の霊を敬い、そうして子どもたちへと少しでも紡いでいこうと思う。

長いこと、ごめんね。おーちいママ。

米岡光子

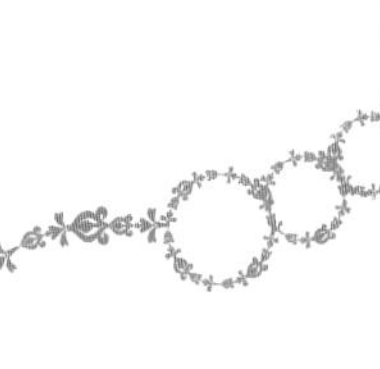

コーヒーブレークでリフレッシュ

外を歩けば、キラキラと陽の光が反射して眩しくなった。木々の葉が力強く勢いを増して、蝉の声が聞こえ始めた。ひまわりを筆頭に夏の花々がぐんぐん育って、幅をきかせている。今年も忘れずに夏がやってきた。

季節の気配は自然の中だけにあるものではない。私たちの暮らしの中や、そばにも息づいている。どこからか風鈴の音が聞こえてくる。軒下のすだれを目にする。頑なに閉まっていた窓が開き、網戸が顔を出す。窓ガラスの輝きにさえ夏の気配が感じられる。通りを歩く人たちの開放的でカラフルな洋服にも、陽の光の眩しさに目を細めるしぐさにも、真夏の暑さを覚悟する人たちの顔にも浮かんで、確かに夏が来た。

「お茶は冷たいほうがいいですか。それとも温かいほうがいいですか」

一週間に一度伺う仕事先で、こんな言葉がかけられると私の夏が始まる。尋ねられて、一瞬ためらうが、「お手数でなければ、温かいお茶をお願いできますか」。きっと冷たいお茶のほうが、お相手に手間をかけさせないと思うのだが、私は夏でも温かいお茶のほうが嬉しいし、ありがたい。

急須に茶葉を入れたり、熱湯を程よい温度にさましたり、お湯を注いでからも急須のふたを閉めて、しばらく待たなければならない。そんな手間が嫌われているのか、最近のお茶事情は、もてなしの領域から大きく外れている気がしてならない。お茶のサービスは、業務に支障をきたすこともあるので、中には中止にする会社もある。お茶はペットボトルで飲むものと思っている若い人たちも増えているようだ。「お客様には、お茶を出すべきだ」と言っているわけでは決してない。しかし、お茶を出す行為自体が、来訪者をもてなすということを理解しているかどうかの私の判定基準の一つになっている。

温かいお茶は、一口でホッとした気分が広がってくる。さわやかな香りとともに、ふんわり甘味が広がって、遅れて苦みがやってくる。私の意向を尋ねてくれた方の心づかいとともに、お茶の美味しさが身体の奥に沁み込んでいく。

私にとって、夏場の冷たい飲み物は喉を潤すが、温かい飲み物は心を豊かに潤してくれる。夏。私は暑くても、お茶だけでなく、コーヒーも温かいほうが気持ちを切り替えやすい。

仕事でも家事でも一応一段落と自己判断した時、追い詰められた状況や行き詰まって頭が飽和状態になった時など、コーヒーが飲みたくなる。コーヒーを飲んで「ひと休み」というのが、こんな時の私の流儀である。

コーヒーと一緒にお菓子を少々。「ちょっと、ひと休みしてから……」と自分に言い聞かせて、短い休憩を取る。せいぜい十五分から二十分ぐらい。ここは短い時間でなければならない。休憩が長くなれば、リフレッシュにならず、次の一歩に進めない。コーヒーの量は、その時の状況次第。仕事や家事が一段落した状態の時は、量を多目に味はサラッと薄くする。この後、仕事や家事の続きをする時は、量を少なく味も濃くする。香ばしい香りが鼻から体内に入って、口に含むと香りがツーンと頭のほうに広がっていく。「美味しい」。頭も心もリフレッシュして、また、エンジンがかかる。

がんばり続けるよりもフッと息を抜くことも大切である。追い詰められるとストレスがかかり不機嫌にもなる。些細なことで衝突もしたくなる。視野が狭まり良い考えも浮かばない。こんな時こそ、コーヒーブレーク。

そう言えば、ずっと以前の新人時代、外部の方が出席する会議のスケジュール表にコーヒータイムと表示してしまい、当時の上司から注意されたことがあった。

上司は、「これは常識だけど」と前置きをして、

「コーヒータイムというのは、日常生活の中でコーヒーを楽しんで自分のためにリラックスする癒しの時間のこと。コーヒーブレークは、仕事中、会議などの合間に脳を休ませたり、リフレッシュしたりする時間のこと。つまり、ずっと続いている状態をいったん壊して再生する、だから効率的だ。コーヒーブレークは軽い会話や情報交換もできるから、コミュニケーションの場としてとても重要な時間なのだ。意味をよく知って言葉を間違えないようにしなさい」

「どちらでも大差ないのでは……」と思っていた非常識な私は、ありがたくも上司から教えをいただいた。

「至福を感じる時って、どんな時？」。友人たちと雑談にふけっている時、話題になったことがあった。

私は一つには絞れず、

「うーん、たくさんあるんだけど、『夏の暑い日に良く冷えたビールの最初の一杯を飲んだ時』とか、『明日は休みだし、ゆっくりできると思った日の夕食の時』とか、『友人と久し振りの電話で思い出話にゲラゲラ笑った時』とか、『寒い日に冷え切った体を温かい湯船に浸す瞬間』、うーん、もっとあるかなあー」

と話した私に友人たちは無言になり、会話がとぎれた。

人が至福を感じるのは、ごく平凡な当たり前のことで、「ヒャー、最高」「うーん、美味しい」などと、素朴な幸せ感を持つ時ではないかと私は思っている。また、同世代の友人としみじみ思い出話をすることで快感に浸れるのは、歳を重ねて昔をなつかしく思い出す喜びであろうか。しかしそれらのことは、日常の忙しさに疲れていたり、時間に追われて心に余裕がなかったりすると気づけないのかもしれない。

ささやかな日常の中にある喜びに気づくことで一日が快適になる。大切なのは気づくことだ。

一日の中でも節目にフッと息を抜いてリフレッシュできるコーヒーブレークを持つことが時間を効率的に使えて、明るく楽しく過ごせるコツかもしれない。

さあー、ひと休み。コーヒーブレークにしよう。そして、自分自身を再生させよう。

【会員プロフィール】

伊野啓三郎　一九二九年、旧朝鮮仁川府生。広告会社役員を経て、一九八四年よりMRTラジオパーソナリティとして出演中。著書に「花・人・心」。日本エッセイストクラブ会員。

入谷　美樹　第一集『ノーネクタイ』の「まごまご症候群／南　邦和」で二歳だった長男も今年三〇歳になりました。時の流れとご縁を感じています。カルチャーセンター色鉛筆画講師。

岩田　英男　一九五二年生。高等学校地理歴史科・公民科教諭、宮崎県教育委員会主事・主査、教頭、校長として高校教育及び教育行政に携わる。地域年金推進員。趣味は森羅万象。

須河　信子　一九五三年、富山県井波町（現南砺市）生。一九七〇年より宮崎市に在住。大阪文学学校にて小野十三郎・福中都生子に現代詩を師事。

鈴木　康之　一九三四年、宮崎市生。京都大（法）卒。一九五八年旭化成㈱入社、退職後帰郷。現代俳句協会員、「海原」「流域」同人。著書に『芋幹木刀』『故郷恋恋』『いのちの養い』。

戸田　淳子　都城市生。一九八二年より俳句結社「雲母」「白露」で俳句を学ぶ。現在、日本エッセイストクラブ会員。みやざきエッセイスト・クラブ理事。

中武　寛　西都市在住・大検合格・中央大学（法）卒・西都市職員・医療福祉専門学校（非）講師・特養老人ホーム施設長・民事調停委員等・小説出版（文芸社）。

中村　薫　男性。一九六五年生。グリコアーモンドキャラメルが好物。毎日新聞「はがき随筆」への投稿をきっかけに入会。ウッドベースを嗜む。博士（農学）。当クラブ編集長。

中村　浩　一九三二年生。宮崎県新富町上新田出身。フェニックス国際観光㈱を二〇〇〇年に退任。著書にエッセイ集『風光る』（一九九二年）、『光る海』（二〇〇二年）。

野田　一穂　東京女子大学文理学部英米文学科卒。読み聞かせ・語りの勉強会「まほうのつえ」「語りんぼ」代表。日本ペンクラブ準会員。文芸同人誌「龍舌蘭」同人。「さんぽ旬会」所属。

福田　稔　一九六一年、熊本県球磨郡錦町生。帝塚山学院大学（大阪府）を経て、二〇〇二年より宮崎公立大学で教える。専門は英語学・理論言語学。みやざきエッセイスト・クラブ会長。

丸山　康幸　一九五二年、東京生。神奈川県茅ヶ崎市在住。愛読書は東海林さだお、アラン・シリトー、ロバート・キャパ、永井荷風、リチャード・ボード。

森　和風　西都市出身・書作家。金子鷗亭に師事。書教育・書芸術家として六十五年を迎えた。半世紀以上、国際文化交流に尽力。第51回「宮崎県文化賞」受賞（H12）。日本ペンクラブ会員。

森本　雍子　宮崎市役所、㈱宮交シティ勤務。みやざきエッセイスト・クラブ当初からの会員。日本エッセイストクラブ会員。第三十回芸術文化賞受賞（当クラブ副会長）。

柚木﨑　敏　国富町生。教員として県下を放浪、宮崎市で退職。本会最年長。耄碌老衰はなはだし。書けるのも本年が最後だろうと承知しているが、「雀百まで踊り忘れず」か。

夢（ゆめ）　人（と）　（本名　大山博司）一九六三年、長崎市生。鹿児島大学大学院（医）卒業。脳神経・精神を専門に開業。本業、趣味とも好奇心旺盛な、マルチな万年青年を目指す。

横山真里奈　ＮＨＫ山口放送局キャスター（前ＮＨＫ宮崎放送局キャスター）。元会員の祖母、横山多恵子からのバトンを引き継ぎ、エッセイに挑戦中。

米岡　光子　宮崎市在住。専門学校の非常勤講師（秘書実務）、接遇研修の講師を務める。ＭＲＴラジオ「フレッシュＡＭ！　もぎたてラジオ」（毎週木曜日）マナー相談のコーナー担当。

渡辺　綱纜　宮崎交通に四十六年間勤務。退職後、宮崎産業経営大学経済学部教授。現在は客員教授。自由人になったが、名刺が必要になり作成した。「岩切イズム語り部（べ）」。二〇二四年十月逝去

あとがき

中村　薫

作品集26『珈琲の香り』でのあとがきには一年遅れて開催された東京オリンピックのことを書いていました。三年経った令和六年の今夏は、花の都パリでオリンピックとパラリンピックが開催されました。コロナも過去のものとなりつつあり、無観客は無く、観客の応援が選手たちを大いに元気づけたのではないかと思います。日本からも多くの人がパリに赴いたようです。

オリンピックは国を代表しての出場ゆえにどうしてもメダルの数や選手の不適切な態度などが気になりますが、スポーツマンシップに則った熱い戦い、選手の輝きは人々に感動や希望を与えてくれるものです。

さて、私たちみやざきエッセイスト・クラブは今回で二十九冊目の作品集となりました。今回の書籍名は「花のかたりべ」です。今回は長短あわせて十六編の作品を掲載しております。それぞれの作品の輝きや余韻を皆さまには楽しんでいただけましたでしょうか。

今号の表紙画と扉絵は、地元宮崎で活躍されている日高セツさんにお願いしました。古代への想いを土偶や埴輪に込めて温かみのあるタッチの作品を描き続けておられます。埴輪は、宮崎県立西都原考古博物館や平和台公園のはにわ園にあるばかりでなく、西都市の街灯の基部は埴輪をかたどっています。また、宮崎空港の滑走路脇には埴輪がかつて置かれていました。宮崎のエッセイ集にぴったりの絵画ではないかと考えています。

会員の動向ですが、今回は、入谷美樹さんが爽やかな二編を携えて入会してくださいました。谷口二郎さんは会員から顧問となってくださいました。小田三和子さんが退会されました。

最後に、今年も関係者の皆様のご協力ご支援により出版までなんとかたどり着くことができました。心より感謝申し上げます。また、鉱脈社の小崎美和様は、編集長の私ばかりでなく、多くの会員を支えてくださいました。ここに厚くお礼申し上げます。

花のかたりべ

みやざきエッセイスト・クラブ 作品集29

印刷 二〇二四年十月二十三日
発行 二〇二四年十一月 二 日

編集・発行 みやざきエッセイスト・クラブ ©
事務局 TEL 〇九〇－一四四四－五九五八
miyazaki_essayist2021@yahoo.co.jp

印刷・製本 有限会社 鉱脈社
宮崎市田代町二六三番地
TEL 〇九八五－二五－一七五八

作品集　バックナンバー

1	ノーネクタイ	一九九六年	一三四頁	八七四円
2	猫の味見	一九九七年	一八六頁	一二〇〇円
3	風の手枕	一九九八年	三二〇頁	一五〇〇円
4	赤トンボの微笑	一九九九年	一六二頁	一二〇〇円
5	案山子のコーラス	二〇〇〇年	一六四頁	一二〇〇円
6	風のシルエット	二〇〇一年	一四六頁	一二〇〇円
7	月夜のマント	二〇〇二年	一五四頁	一二〇〇円
8	時のうつし絵	二〇〇三年	一八六頁	一二〇〇円
9	夢のかたち	二〇〇四年	一八四頁	一二〇〇円
10	河童のくしゃみ	二〇〇五年	一八八頁	一二〇〇円
11	アンパンの唄	二〇〇六年	二〇八頁	一二〇〇円
12	クレオパトラの涙	二〇〇七年	一八四頁	一二〇〇円
13	カタツムリのおみまい	二〇〇八年	一七二頁	一二〇〇円
14	エッセイの神様	二〇〇九年	一五六頁	一二〇〇円
15	さよならは云わない	二〇一〇年	一五六頁	一二〇〇円

みやざきエッセイスト・クラブ

16	フェニックスよ永遠に	二〇一一年	一八四頁	一二〇〇円
17	雲の上の散歩	二〇一二年	一八〇頁	一二〇〇円
18	真夏の夜に見る夢は	二〇一三年	一七二頁	一二〇〇円
19	心のメモ帳	二〇一四年	一八八頁	一二〇〇円
20	夢のカケ・ラ	二〇一五年	二一六頁	一二〇〇円
21	ひなたの国	二〇一六年	一九六頁	一二〇〇円
22	見果てぬ夢	二〇一七年	一九二頁	一二〇〇円
23	魔術師の涙	二〇一八年	一九一頁	一二〇〇円
24	フィナーレはこの花で	二〇一九年	二〇一頁	一二〇〇円
25	上を向いて歩こう	二〇二〇年	二一八頁	一二〇〇円
26	珈琲の香り	二〇二一年	一七八頁	一二〇〇円
27	記憶の手ざわり	二〇二二年	一五二頁	一二〇〇円
28	パスカルの微笑	二〇二三年	一三二頁	一二〇〇円
29	花のかたりべ	二〇二四年	一三二頁	一二〇〇円

（いずれも税別です）